CHAMBRE DE COMMERCE D'AVIGNON.

ALTÉRATIONS FRAUDULEUSES

DE LA

GARANCE

ET DE SES DÉRIVÉS.

MÉMOIRES

RÉCOMPENSÉS AU CONCOURS OUVERT A AVIGNON
SUR CETTE QUESTION.

AVIGNON

AMÉDÉE CHAILLOT, IMPRIMEUR-LIBRAIRE,

Place du Change, 5.

1860.

MÉMOIRES

SUR LES ALTÉRATIONS FRAUDULEUSES

DE LA GARANCE

CHAMBRE DE COMMERCE D'AVIGNON.

—

ALTÉRATIONS FRAUDULEUSES

DE LA

GARANCE

ET DE SES DÉRIVÉS.

————

MÉMOIRES

RÉCOMPENSÉS AU CONCOURS OUVERT A AVIGNON
SUR CETTE QUESTION.

—

AVIGNON
AMÉDÉE CHAILLOT , IMPRIMEUR-LIBRAIRE ,
Place du Change , 5.
1860.

CHAMBRE DE COMMERCE

D'AVIGNON.

❧

EXTRAIT

DU REGISTRE DES DÉLIBÉRATIONS.

———

SÉANCE DU 10 FÉVRIER 1860.

———

Présents : MM. Jh. VERDET , *Président de la Chambre de Commerce et du Jury du Concours ;* Ch. THOMAS ; Fréd. GRANIER ; Prosp. FAURE ; Adr. PALUN ; J. VALABRÈGUE et Martial MARTIN , *membres de la Chambre de Commerce et du Jury ;* M. J. KING, *Négociant , membre du Jury.*

Dans sa séance du 20 décembre 1858, la Chambre de Commerce d'Avignon s'était réunie à MM. les Souscripteurs du Concours ouvert à l'effet d'arriver à

1

la découverte d'un procédé usuel, propre à reconnaître la présence des corps étrangers introduits frauduleusement dans la Garance en poudre et dans ses dérivés.

De concert avec eux, elle avait nommé avec pleins pouvoirs pour rédiger le Programme dudit Concours et prononcer plus tard sur le mérite des Mémoires présentés, un Jury de dix membres pris par moitié dans le sein de la Chambre et parmi MM. les Négociants signataires de la liste de Souscription.

Ce Jury composé de :

MM. Jh. VERDET, Président de la Chambre de Commerce et du Jury.

Ch. THOMAS, membre de la Chambre de Commerce.

Fréd. GRANIER,   *id.*

Prosp. FAURE,   *id.*

Adr. PALUN,   *id.*

Émile GOUDAREAU, Négociant.

J. KING,   *id.*

J. VALABRÈGUE,   *id.*

X. ROUX,   *id.*

Martial MARTIN,   *id.*

avait établi ainsi qu'il suit les conditions générales du Programme arrêté dans cette même séance :

1° Le procédé demandé devra être précis, clairement défini et d'une application facile, même pour toute personne étrangère aux connaissances chimiques.

2° La Chambre, à qui est due l'initiative de cette mesure protectrice des intérêts industriels et commerciaux particulièrement menacés, se réserve le droit de donner au Mémoire couronné toute la publicité possible.

3° Sont admis à concourir, les Étrangers comme les Nationaux, les Membres du Jury seuls sont personnellement exceptés.

4° Avant de prendre sa décision, le Jury pourra s'entourer des lumières et des renseignements des personnes compétentes qu'il jugera à propos de consulter, et, en cas de partage des voix, celle du Président sera prépondérante.

Au 30 septembre 1859, époque fixée pour la clôture du Concours, neuf Mémoires avaient été adressés à M. le Président; et plus tard, il en arriva un dixième, sur l'admission duquel on s'était réservé de statuer ultérieurement.

Depuis lors, le Jury a tenu de nombreuses séances et s'est consacré, soit isolément, soit avec MM. les Chimistes, à l'accomplissement consciencieux et impartial de la tâche qu'il avait reçue de la confiance de MM. les Souscripteurs.

Le but de la séance d'aujourd'hui était d'entendre lecture des rapports séparés de MM. les Chimistes sur les expériences auxquelles ils s'étaient livrés, et prendre une décision sur les Mémoires présentés au Concours. — Au début de la séance, et sur l'invitation de M. le Président, le Secrétaire donne lecture desdits rapports déposés sur le bureau par MM. Favier et

Tourre , qui , présents à la réunion , les complètent
et les développent, lorsqu'il y a lieu , de leurs explications verbales. — Cela fait , le Jury demeuré seul,
délibère sur la seconde partie de son Ordre du jour ,
l'appréciation du mérite des procédés indiqués dans
les Mémoires.

Après un examen détaillé et une discussion appro-
fondie, le Jury est unanime à reconnaître qu'aucun
desdits Mémoires n'atteint complétement le but du
Programme , et qu'ils laissent tous plus ou moins à
désirer, tant sous le rapport de la précision des moyens
proposés que sur la simplicité des manipulations
accessoires.

Par ce motif , *il décide tout d'abord qu'il n'y a pas
lieu de décerner le Prix.*

Quelque regrettable que soit ce résultat pour le
Jury , comme pour le Commerce de Vaucluse, qui
s'était associé avec tant d'empressement à la Souscription ouverte à ce sujet, il se plaît néanmoins à
reconnaître que parmi les nombreux travaux proposés
à son examen , il en est plusieurs qui se recomman-
dent par un tel caractère d'utilité pratique , qu'il y
aurait grandement intérêt à les publier.

L'un, entr'autres , se distingue par ses moyens
d'essai nouveaux et ingénieux, d'une application aussi
simple que peu coûteuse et expéditive, qui, bien que
laissant parfois à désirer, n'en ont pas moins fait faire
un grand pas à cette importante question restée jusqu'ici très-obscure. — D'autres , dans un cercle fort
étendu, renferment des renseignements précieux , des

données utiles à consulter , et leurs procédés variés , quoique peu concluants , en se contrôlant réciproquement , peuvent s'adapter aux aptitudes diverses des expérimentateurs.

Le Jury est persuadé que le Commerce et l'Industrie des Garances accueilleront avec plaisir ces procédés et ces indications , fruit de laborieuses et savantes recherches , et s'empresseront d'en faire usage aussitôt qu'ils seront connus, en attendant que la science, toujours attentive, apporte enfin une solution plus précise et plus simple encore.

Au nombre des Mémoires qui ont attiré son attention , il place en première ligne celui inscrit sous le n° 4 , ayant pour épigraphe : *Vitam impendere vero.* (Juv.) , et dont l'auteur est M. J. Henri FABRE , *Docteur ès-Sciences* , *Professeur de Physique et de Chimie au Lycée Impérial et aux Cours municipaux de la Ville d'Avignon.*

Ensuite , et toujours par ordre de mérite , celui désigné sous le n° 6 , dont l'épigraphe , empruntée à Geoffroy l'aîné, est ainsi conçue : *Il serait à souhaiter que l'art de tromper fût parfaitement ignoré des hommes dans toutes les professions.* L'auteur de ce Mémoire est M. Théodore CHATEAU , *Chimiste au Muséum d'Histoire Naturelle de Paris* , demeurant à Ivry-sur-Seine (Seine).

Au troisième rang , il place le Mémoire portant le n° 1 d'inscription, ayant pour épigraphe ces mots de l'auteur : *Je n'ai pas la prétention d'innover , mais seulement d'indiquer et de décrire un procédé qui découle des théories chimiques.* Il est de M. DANIEL FABRE, *Pharmacien*, à Arles (Bouches-du-Rhône).

Par tout ce qui vient d'être dit, le Jury charge son Président, 1° de vouloir bien offrir ses remercîments aux Auteurs des trois Mémoires ci-dessus désignés ; 2° de proposer à M. J. H. FABRE, auteur du n° 4, une somme de *Mille francs;* à M. Th. CHATEAU, auteur du n° 6, une somme de *Cinq cents francs,* ainsi qu'à M. D. FABRE, auteur du n° 1, à la condition que ces Messieurs l'autoriseront à donner à leur travail toute la publicité que la Chambre jugera convenable ; 3° de lui soumettre ensuite, de même qu'à Messieurs les Souscripteurs, les réponses qu'il aura obtenues.

Quant aux autres Mémoires, M. le Président voudra bien faire part à leurs Auteurs de la décision qui a été prise aujourd'hui, les remercier également d'avoir répondu à l'invitation qui avait été adressée, et les informer qu'il tient à la disposition de chacun d'eux, son travail personnel, les priant de vouloir bien faire connaître s'ils l'autorisent à le déposer aux Archives de la Chambre de Commerce ou bien s'ils préfèrent qu'il leur soit renvoyé.

L'Ordre du jour étant épuisé, la séance est levée.

(*Suivent les signatures des Membres présents.*)

SÉANCE DU 25 FÉVRIER 1860.

Présents : MM. Jн. VERDET, *Président* ; — Cн. THOMAS; — Frén. GRANIER; — Prosp. FAURE; — Adr. PALUN; — J. VALABRÈGUE; — Martial MARTIN, *et* J. KING, *membres du Jury.*

Arrivé au terme de sa mission et en conformité des dispositions arrêtées dans sa séance du 10 février courant, le Jury du Concours relatif aux falsifications de la Garance et de ses dérivés avait convoqué pour aujourd'hui une assemblée générale de MM. les Négociants souscripteurs à la prime et aux frais dudit Concours.

A l'ouverture de la séance, le Procès-Verbal de la réunion précitée a été lu et adopté par le Jury.

Reprenant ensuite de vive voix l'exposé sommaire du Compte-Rendu, dans ce qui concerne les travaux auxquels le Jury a dû se livrer depuis sa formation jusqu'à ce jour pour accomplir la tâche qu'il avait acceptée, M. le Président a informé l'Assemblée des mesures qui ont été prises afin d'assurer au Concours la plus grande publicité possible : insertion du Programme dans les journaux de la ville et des localités environnantes, au *Moniteur* même; tirage à un très-grand-nombre d'exemplaires et envoi aux Chambres de Commerce de France, de Belgique et d'Angleterre, aux Sociétés industrielles et scientifiques, aux principales maisons de Commerce de l'Etranger, avec prière de propager autour d'elles la connaissance du but et des conditions du Concours Avignonais.

Quoique cet appel aux praticiens et aux savants de tous les pays ait été pris en sérieuse considération, puisque dix concurrents y ont répondu, M. le Président a fait connaître le résultat incomplet qui a été obtenu et les motifs qui ont déterminé le Jury à ne point décerner le Prix.

Il lui a fait part, en outre, des propositions conditionnelles adressées aux Auteurs des Mémoires nos 4, 6 et 1, qui, par leur mérite relatif, ont attiré plus particulièrement l'attention du Jury.

MM. les Souscripteurs se sont montrés très-satisfaits de toutes ces explications, comme de tout ce qui a été fait jusqu'ici; et, sur la proposition de l'un d'eux, ils ont offert de vifs remercîments à M. le Président et à MM. les Membres du Jury, pour le zèle et les lumières dont ils ont donné des preuves dans l'accomplissement de leur mandat.

L'Ordre du jour appelait ensuite la communication des réponses de MM. les Auteurs des Mémoires ci-dessus désignés. M. le Président en a fait donner lecture. Chacune d'elles étant une acceptation pure et simple des conditions offertes, MM. les Souscripteurs ont été invités à vouloir bien se prononcer sur la ratification ou le rejet desdites propositions.

L'Assemblée, convaincue de la convenance qu'il y a de ne pas laisser sans distinction pécuniaire et honorifique des travaux pleins d'intérêt et d'utiles recherches , qui ont dû le jour à une question soulevée par le Jury Vauclusien, et dont la publication ne peut qu'être profitable aux personnes appelées à se tenir en garde contre les falsifications des produits dérivés de la Garance, a approuvé avec empressement les propositions qui lui étaient soumises.

En conséquence, elle a décidé :

1° De faire imprimer les trois Mémoires Nᵒˢ 4, 6 et 1 , et d'accorder, nonobstant les primes allouées, une *Mention très-honorable* à l'Auteur du Mémoire classé en première ligne , et une *Mention honorable* à chacun des deux autres.

2° De faire rédiger et de publier comme appendice à la suite des Mémoires, un résumé des procédés d'essai qui s'y trouvent, afin que, selon les intentions du Programme, l'ouvrage entier puisse être mis avec fruit entre les mains de toutes sortes de personnes, même les plus étrangères aux manipulations chimiques.

3° De fixer à 500 exemplaires la publication du recueil projeté, qui sera distribué aux intéressés de la ville et du dehors, par les soins de la Chambre de Commerce.

4° De réduire à 60 % le chiffre primitif de la Souscription.

La discussion et l'ordre du jour étant épuisés, la séance a été levée.

(*Suivent les signatures des Membres présents.*)

2

MÉMOIRE Nº 4.

Vitam impendere vero.
JUVENAL.

MÉMOIRE

SUR LA

RECHERCHE DES CORPS ÉTRANGERS

INTRODUITS FRAUDULEUSEMENT DANS LA GARANCE EN POUDRE
ET DANS SES DÉRIVÉS,

PAR

M. J. HENRI FABRE,

DOCTEUR ÈS-SCIENCES,

PROFESSEUR DE PHYSIQUE ET DE CHIMIE AU LYCÉE IMPÉRIAL
ET AUX COURS MUNICIPAUX DE LA VILLE D'AVIGNON.

———◦◦◦◦◦※◦◦◦◦———

Pour protéger les intérêts agricoles et commerciaux du
département de Vaucluse, sérieusement menacés par les
fraudes et les abus introduits dans l'industrie de la Garance,
qui constitue la principale richesse du pays, la Chambre
de Commerce d'Avignon a ouvert un Concours relatif à la

découverte d'un procédé propre à constater les altérations
frauduleuses de la Garance et de ses dérivés. Ce procédé
doit être d'une application facile, même pour toute personne étrangère aux connaissances chimiques.

Pour peu qu'on soit versé dans les notions les plus élé-
mentaires de la Chimie, il est impossible de se faire illusion
sur la complication du problème proposé, et de s'imaginer,
par exemple, qu'on puisse constater la pureté d'un corps
aussi complexe que la poudre de Garance à l'aide de quelque réactif spécial, comme on constate la pureté des corps
nettement définis. La science, à qui l'industrie a depuis
longtemps proposé la même question, n'y a encore répondu
que par des opérations de laboratoire très-délicates et exi-
geant toute la patience, toute l'habileté d'un Chimiste con-
sommé. Si pour un Chimiste la question est regardée comme
résolue à l'aide des divers procédés imaginés, c'est-à-dire
au moyen du poids et de l'analyse de la Garance incinérée,
au moyen de la matière colorante isolée, ou du pouvoir
colorant déterminé par le *Colorimètre*, il faut reconnaître
que ces procédés longs, difficiles, et quelquefois peu concluants, n'ont pas reçu et ne pouvaient recevoir la sanction
industrielle. L'opération de teinture en petit rend, il est
vrai, les plus grands services; cependant après cette opération, il n'est guère possible de se prononcer sur le degré
de pureté de la Garance employée, soit parce que la valeur
tinctoriale change suivant la provenance de la racine, soit
parce que les substances étrangères introduites dans la
poudre, loin d'affaiblir le bain colorant, en rehaussent
quelquefois au contraire le ton. Si aucun de ces procédés
ne remplit les conditions voulues pour les applications
rapides et quotidiennes du commerce, il en sera de même,
je crois, des divers procédés qu'on pourra imaginer tant
que la Garance interviendra en masse dans les réactions

choisies pour caractéristiques, au lieu d'y intervenir granule par granule. En Anatomie végétale, par exemple, lorsqu'on veut constater la richesse d'un tissu en fécule, on ne fait pas bouillir en bloc ce tissu avec une dissolution d'Iode, parce que l'Iodure bleu formé colorerait le tout uniformément, ce qui empêcherait de distinguer ce qui est fécule de ce qui ne l'est pas; mais on verse simplement sur une tranche de ce tissu une goutte de dissolution iodée. Les granules d'amidon prennent seuls alors la coloration bleue caractéristique et tranchent nettement sur le fond blanc non amylacé. A mon avis, ce mode d'investigation est le seul qui puisse résoudre la question telle qu'elle est proposée par la Chambre de Commerce; hors de là, on retombe infailliblement dans le vague, dans l'indécision.

Ainsi, choisir convenablement un petit nombre de réactifs qui tour à tour exaltent ou effacent la couleur des granules de Garance ou des corps étrangers qui peuvent s'y trouver mélangés, puis à l'aide des nuances diverses provoquées par ces réactifs, reconnaître ce qui est Garance et ce qui ne l'est pas, c'est très-probablement tout ce qu'on peut espérer d'obtenir, si on veut apporter quelque rigueur dans ce genre difficile de recherches. Ce point fondamental adopté, deux voies se présentent pour arriver au but. La Garance pouvant être mélangée avec d'autres substances tinctoriales pourvues, comme elle, d'un riche pigment, on peut employer ce pigment, modifié convenablement par des réactifs, à produire sur un écran blanc des empreintes diversement colorées suivant la nature de ces substances. Mais il est à craindre que la poussière impalpable déposée sur l'écran ne laisse pas d'empreinte, parce qu'elle n'exerce pas de pression, parce que enfin le pigment peut n'être pas toujours assez abondant. D'ailleurs, toutes les substances inertes, c'est-à-dire dépourvues de principes colorants, échapperont à cette épreuve. Pour ces motifs, cette première voie est éminemment vicieuse, si ce n'est dans le cas où les granules frauduleux sont très-riches en matières tinctoriales. Reste la seconde voie. Ici, au lieu d'examiner l'empreinte plus ou moins vague que chaque granule peut laisser sur l'écran, ce sont les granules eux-mêmes qu'on examine après en avoir exalté la visibilité et les différences en les revêtant d'une couleur particulière, suivant la substance, couleur qui se manifeste lors même que ces granules appartiennent aux matières les plus inertes. Pour rendre cet examen rigoureux, il est indispensable d'employer tour à tour la lumière réfléchie et la lumière transmise, ce qui nécessite l'emploi de lames de verre sur lesquelles la poudre à essayer est déposée ainsi que le réactif. Les lames dont je me sers ont 15 centimètres de longueur sur 5 centimètres de largeur. Il est bon que l'une d'elles porte un réseau de lignes gravées à la pointe de diamant et se coupant à angle droit, de manière à diviser la surface de la lame en centimètres carrés. On verra plus loin l'utilité de ce réseau. La poudre de Garance doit être répandue sur la lame enduite du réactif opportun aussi uniformément que possible, sans entassement de granules, pour que tous s'imbibent de réactif et se distinguent aisément. J'obtiens ce résultat indispensable de la manière suivante : Un pinceau pour la peinture à l'aquarelle, du calibre d'une forte plume, est coupé en brosse par un coup de ciseaux. Ce pinceau est plongé dans la poudre à essayer, et après avoir légèrement secoué la poudre qui n'y adhère pas assez et pourrait s'en détacher en bloc, on le promène au-dessus de la lame de verre en tapant à coups très-légers sur le manche, de façon à faire tomber peu à peu la Garance. Cette manière d'opérer est empruntée aux maçons qui l'utilisent pour faire la grisaille des soubassements. On obtient ainsi sur la lame un dépôt de poussière dont on peut sans difficulté maitriser la densité et la régularité. Dans cette opération, il ne faut pas perdre de vue que l'examen dont la lame va devenir l'objet, sera d'autant plus facile que les granules y sont plus clair-semés. Il faut donc éviter tout encombrement de granules et veiller, en répandant la poudre, à ne pas pécher par excès, l'effet contraire étant de beaucoup préférable. Ces généralités établies, arrivons au cœur même de la question.

CHAPITRE I.

Recherche des matières étrangères introduites dans la poudre de Garance et dans ses dérivés.

On peut diviser en trois classes les diverses substances introduites frauduleusement dans la Garance en poudre et dans ses dérivés, savoir : 1° les divers bois colorants ; — 2° les matières tannantes ; — 3° les substances inertes, tant d'origine organique que d'origine inorganique. Examinons successivement chacune de ces trois classes.

§ 1er.

Recherche des Bois colorants.

Ces bois sont : le Campêche, les diverses variétés des Brésil, le Santal, le Cuba, le Quercitron, le Fustet.

Le réactif employé pour caractériser ces bois est l'acide sulfurique. Pour humecter la lame de verre de ce réactif, j'emploie une mèche de papier sans colle, de papier filtre. Cette mèche trempée dans l'acide se convertit rapidement en une matière transparente, gommeuse, qui donne de la consistance à l'acide et l'empêche de diffluer sur la lame. Aussitôt le papier imbibé d'acide, on le passe sur la lame de verre de manière à y déposer une mince couche d'acide insuffisante pour s'écouler lors même que la lame est tenue verticale. L'opération est bien conduite quand la lame ne laisse pas diffluer l'acide dans quelque position qu'on la tienne. Ce résultat est facilement obtenu, grâce à la matière gommeuse en laquelle se transforme le papier sous l'influence de l'acide sulfurique. L'absence de diffluence dans le réactif qui couvre la lame est nécessaire pour que les granules restent bien en place sans brouiller leurs teintes par l'effet du flux de liquide quand la lame est tenue verticale entre l'œil et la lumière. Cela fait, on saupoudre uniformément la lame de la Garance ou Garancine à essayer en se servant du pinceau comme il vient d'être dit. En un instant, la réaction est opérée. La lame est alors observée avec soin, tantôt par transparence, tantôt par réflexion, pour qu'aucun granule suspect ne puisse échapper. S'il y a un atome, un seul, d'un bois tinctorial sur la lame, il est impossible que cet atome se dérobe au regard. En effet, par l'action de l'acide sulfurique, les granules de Garance, de Garancine et des bois tinctoriaux prennent les nuances suivantes :

Garance et *Garancine*. Les nuances appartiennent à la gamme du fauve, depuis le brun roux jusqu'au rouge orangé où arrivent quelques rares granules. Les nuances dominantes sont le roux fauve pour la Garancine, et le roux ambré pour la Garance.

Campêche. Carmin superbe et intense.

Brésil. Carmin moins beau que celui du Campêche et virant plus vers le rouge dans quelques variétés, dans le *Sappan*, par exemple.

Santal. Cramoisi sombre.

Cuba et *Quercitron.* Jaune. On distingue ces deux substances l'une de l'autre en ce que l'acide sulfurique se colore autour de chaque granule de Quercitron en formant une aréole d'un beau jaune, tandis que les granules de Cuba prennent simplement la teinte jaune et ne sont pas entourées d'une aréole colorée.

Fustet. Rouge de sang.

Il est inutile d'insister sur la sensibilité du procédé que je propose, car chaque bois colorant, si pauvre qu'il soit en matière tinctoriale, revêtant par l'intermédiaire de l'acide sulfurique une teinte spéciale très-prononcée, la moindre parcelle de ces bois se décèle aussitôt au milieu des granules roussâtres de la Garance. Je me bornerai à dire qu'ayant fait des mélanges de 1 gramme de poudre de Garance et de 1 milligramme de l'un ou l'autre de ces bois, il m'a été toujours possible de retrouver la substance étrangère sur la lame sulfurique. Ce moyen d'investigation est donc sensible au millième, ce qui dépasse et de beaucoup les limites commerciales.

On peut rendre ce procédé sinon plus rigoureux, la chose n'est pas possible, mais en quelque sorte plus élégant, en se basant sur la transformation que l'acide sulfurique fait éprouver au papier, transformation dont il a été déjà dit quelques mots. Le papier composé de cellulose pure, le beau papier à filtrer, se change rapidement quand on le plonge dans l'acide sulfurique en une lame d'aspect gélatineux aussi transparente qu'une mince lame de verre. Cette propriété peut être utilisée ici. A cet effet, plongeons

un instant une bandelette de papier filtre aussi homogène
que possible dans de l'acide sulfurique et déposons-la sur
une lame de verre. Puis, après avoir fait écouler l'excédant
d'acide par la pression à l'aide d'une baguette de verre,
répandons la Garance suspecte sur la bandelette, toujours
avec le pinceau. En peu de temps, le papier devient trans-
parent et les granules de Garance et des bois colorants s'in-
crustent dans la masse gommeuse formée par le papier,
tout en revêtant les nuances caractéristiques dont il vient
d'être question. La bande peut enfin être détachée de la
lame de verre par l'immersion dans l'eau et l'on a ainsi
une lame flexible, transparente, incrustée, comme une
élégante mosaïque de granules diversement colorés, suivant leur nature.

Lorsque les bois tinctoriaux rouges qu'on peut introduire
dans la Garance sont réduits en poudre impalpable, comme
on le fait pour le Santal par exemple, la méthode que
j'emploie pour les découvrir au moyen d'une lame de verre
enduite d'acide sulfurique présente, il est vrai, la rigueur
et la fidélité désirables, mais exige de la part de l'opéra-
teur une grande attention et une vue excellente. Aussi
ai-je cherché à diminuer autant que possible les difficultés
inséparables de ces observations faites sur des infiniment
petits. Voici le procédé auquel je donne la préférence. Il est
basé sur ce que les bois rouges résistent bien davantage
aux agents décolorants que ne le fait la Garance.

Soit à constater, dans une Garance, du bois de Santal
réduit en poudre arrivée à un degré extrême de ténuité.
Dans un verre conique à expériences, je mets une petite
pincée de la Garance suspecte et je l'arrose d'une dissolution d'Hypochlorite de chaux (chlorure de chaux), jusqu'à
en faire une bouillie claire. Dans cette bouillie, je verse
quelques gouttes d'acide chlorhydrique, et je remue le

mélange. En un instant tous les granules de Garance sont blancs, tandis que les corpuscules, même les plus délicats, de Santal, conservent leur teinte rouge cramoisie. Le verre est alors rempli d'eau, et, si le liquide est trop opaque, on partage le contenu du premier verre entre d'autres verres coniques que l'on achève également de remplir d'eau. Les corpuscules décolorés de la Garance se précipitent d'abord, puis viennent ceux de Santal, tenus longtemps en suspension par suite de leur excessive ténuité. Si l'on tient alors le verre entre l'œil et une vive lumière, on voit, avec une loupe, et au milieu des corpuscules blancs de la Garance non encore précipités, des milliers *d'atomes rouges, de courts filaments pareils à la poussière d'une laine teinte en écarlate.* Ce sont les corpuscules de Santal en forme de *traits linéaires courts et très-fins*, corpuscules que leur teinte rouge sombre fait trancher vivement sur le fond blanc du liquide. On peut encore attendre que le dépôt se soit effectué en entier et constater la présence de ces atomes rouges dans la couche supérieure de ce dépôt.

Avec un mélange de 1/100e de Santal en poudre impalpable et de 99/100es de Garance, le champ de la loupe embrasse un nombre très-considérable de ces atomes rouges. C'est dire qu'à cette dose, le procédé est des plus sensibles.

§ 2me.

Recherche des matières tannantes.

Cette recherche est de la plus grande facilité, et elle s'opère de la même manière pour la Garance et pour ses dérivés. Elle est fondée sur la réaction que les substances

tannantes éprouvent au contact des sels de fer. Cette
réaction est différente suivant l'origine du Tannin. Aussi
distingue-t-on au moins deux variétés de Tannin, savoir:
le Tannin ordinaire et le Tannin vert. Le premier donne
avec les sels de fer une couleur d'un bleu noir; le second,
une couleur verte. La première variété de Tannin est con-
tenue dans la noix de galle, dans l'écorce de chêne, d'orme, de saule, etc.; la seconde se trouve dans l'écorce de
pin, de sapin, etc. La coloration bleue-noire fournie par le
premier Tannin est tellement intense, qu'elle permet de
reconnaître aisément la moindre parcelle de cette substance.
Il n'en est pas de même de l'autre Tannin, dont la nuance
provoquée par les sels de fer est loin d'avoir la même intensité. Qu'on répande, par exemple, de la poudre de noix de
galle ou d'écorce de chêne sur une bande de papier imbibée
d'une dissolution ferrique, et aussitôt chaque granule s'en-
tourera d'une aréole d'un beau bleu noir, tranchant fortement sur le fond blanc du papier. Qu'on fasse le même
essai avec de la poudre d'écorce de pin et on n'obtiendra
que des effets incomparablement moindres. Il importe beaucoup cependant de rechercher cette écorce de pin, car c'est
une des substances qui peuvent entrer frauduleusement
dans la poudre de garance. Heureusement qu'un moyen
très-simple se présente de provoquer, même avec le Tannin vert, la couleur bleue intense du Tannin ordinaire.

La craie nous offre ce moyen. Qu'on délaie une pincée
d'écorce de pin en poudre dans une vieille dissolution de
sulfate de fer, et on n'obtiendra qu'un liquide d'un vert
émeraude foncé; avec l'écorce de chêne ou la noix de galle,
on aurait obtenu de l'encre. Dans ce liquide vert, on peut
verser indéfiniment de l'eau distillée, on ne fera que diluer
la teinte verte sans la modifier. Mais si l'on y verse quelques gouttes d'eau calcaire, la couleur bleue-noire, l'encre

enfin, apparaît aussitôt. Il nous faut donc pour la recherche des matières tannantes l'emploi simultané des deux
réactifs suivants : sel de fer et eau calcaire.

Le sel de fer auquel je donne la préférence, est le sulfate de fer. La dissolution en doit être vieille et par conséquent douée d'une teinte d'un jaune fauve. On l'étend
d'eau assez abondamment pour qu'elle ne communique pas
de teinte sensible au papier. L'eau calcaire s'obtient en
délayant dans l'eau un peu de blanc de Meudon. La liqueur
doit être laiteuse au moment de s'en servir.

Découpons maintenant du papier sans colle, du beau
papier filtre, blanc, homogène et assez consistant, en
bandelettes de la largeur de nos lames de verre ; puis trem-
pons un instant ces bandelettes dans la dissolution ferrique.
On fait sécher ces bandelettes sur un fil tendu et on les
enferme dans un flacon à large goulot où elles se conservent
indéfiniment. Nous leur donnerons le nom de papier ferrique. Lorsqu'on veut s'en servir, on commence par couvrir
largement, avec le doigt, la lame de verre d'eau calcaire ;
puis on étend une bande de papier ferrique sur la lame, de
manière que l'eau qui couvre cette dernière imbibe toute la
bande, mais sans suinter, sans dégoutter à la surface libre
de cette bande. Cette condition est de rigueur pour que la
diffluence du liquide ne mêle pas les aréoles bleues que les
grains de Tannin vont former plus tard avec les aréoles
brunes de la garance ; enfin, pour que la teinte de ces
aréoles ne s'affaiblisse pas en s'étendant trop, ce qui pourrait empêcher leur visibilité. Il faut, je le répète, que la
bande de papier ferrique soit déposée sèche sur la lame de
verre couverte d'eau calcaire ; il faut que cette eau pénètre
bien le tissu de la bande sans venir suinter à sa face libre.
Si l'eau calcaire ne se trouvait pas assez abondante pour
mouiller convenablement le papier, ou si ce papier se séchait

trop rapidement , il faut bien se garder d'en répandre sur le papier; mais on peut toujours soulever la bande et introduire entre elle et la lame de verre , l'eau qu'on jugera à propos. Cela fait , on projette , avec le pinceau , la Garance suspecte sur le papier ferrique.

En quelques minutes, chaque granule tannique si microscopique qu'il soit et quelle qu'en soit l'origine , produit sur le papier un point nettement déterminé , d'abord d'un bleu violacé pâle , et enfin d'un beau bleu , quand la réaction s'est continuée assez longtemps pour que le papier ait pu se dessécher. Mais il n'est pas nécessaire d'attendre cette dessication pour se prononcer sur la présence du Tannin. Il suffit , en effet, de quelques minutes , pour que les points bleus pâles apparaissent et puissent se distinguer très-facilement , soit en regardant directement le papier , soit en l'observant par transparence sur la lame de verre par sa face postérieure. Quant aux granules de la Garance , ils ne laissent sur le papier que des traces brunes à peine sensibles. Il n'en serait pas de même si , pour faciliter l'action du Tannin, on faisait intervenir ses dissolvants , l'alcool , l'éther, dissolvants qui agissent aussi sur la Garance et par suite couvrent le papier réactif de taches innombrables , confuses et fort inutiles. Quand on se propose d'évaluer, comme il sera dit plus loin , la proportion de Tannin , il faut complétement laisser sécher le papier ferrique, et lorsqu'il est sec, l'épousseter avec un pinceau. Les aréoles tanniques sont alors bleues , et les aréoles de la Garance, très-faiblement brunes ou purpurines. Quant à la Garancine , elle ne laisse pas de traces sur le papier ferrique.

Cette méthode a l'avantage très-précieux de ne pas laisser échapper la moindre particule de matière tannique , mais elle ne peut nous renseigner sur l'origine du Tannin.

Est-ce du Tannin ordinaire , ou bien du Tannin vert ? Si l'on tenait à résoudre cette question , il faudrait s'y prendre de la manière suivante. On plonge une bandelette de papier Joseph dans la dissolution ferrique et on l'étend tout humide sur la lame de verre. Enfin on la saupoudre de Garance. L'observation peut avoir lieu peu après , en tenant la lame verticale devant le jour pour examiner le papier par transparence et par sa face postérieure , ce qui exige une certaine finesse dans ce papier. Dans ces circonstances, les granules de Garance sont roussâtres ; ceux du Tannin de première espèce , bleus ; ceux de Tannin de seconde espèce , verts. Ainsi , aperçoit-on des grains verts ; c'est à coup sûr à l'écorce de pin qu'on s'est adressé pour falsifier la Garance; aperçoit-on des grains bleus , c'est de l'écorce de chêne , etc. , que proviennent ces grains. Ce procédé ne rend pas bien sensibles les granules les plus fins de Tannin vert, aussi je ne propose de s'en servir que pour déterminer la nature du Tannin.

Le Tannin n'est pas la seule substance capable de produire des points bleus sur le papier ferrique. Le Campêche produit également dans ces circonstances des points bleus pouvant se confondre avec les premiers. Mais il est impossible de se méprendre sur la nature de ces taches , d'abord parce que la lame sulfurique accuserait la présence du Campêche , et en second lieu , parce que les taches bleues produites par le Campêche deviennent roses par l'action de l'eau très-faiblement acidulée avec de l'acide sulfurique. Les taches de Tannin disparaissent sans laisser de trace par l'action du même liquide.

§ 3me.

Recherche des substances inertes.

Ces substances, dont le nombre est impossible à passer en revue, la mauvaise foi pouvant introduire dans la Garance la première matière venue, pourvu que son aspect extérieur concorde avec celui de la poudre à falsifier, ne peuvent évidemment devenir l'objet d'une détermination spéciale. Tout ce qu'on peut demander, c'est de constater la présence des corps étrangers inertes introduits dans une Garance dans le but d'en augmenter le poids, sans qu'on ait à dire si ces corps consistent en brique pilée, en ocre, coques d'amande, sciure d'acajou, etc., etc. Dans les deux cas précédents, les granules de Garance et de Garancine n'ont montré que des caractères négatifs, tandis que les matières étrangères se dévoilaient par des caractères positifs. Ici les rôles doivent évidemment changer à cause de la multiplicité de substances qu'il faut pouvoir mettre en évidence par une seule opération. De tous les caractères positifs de la Garance et de ses dérivés, le plus frappant c'est la couleur carminée que prennent ces substances sous l'influence des alcalis. C'est ce caractère que je choisis pour criterium.

Avec une mèche de papier, j'enduis légèrement la lame de verre d'une dissolution de potasse caustique; et au moyen du pinceau, je projette la poudre à essayer sur la lame ainsi préparée. L'observation doit se faire à l'instant; en tardant trop, la nuance des granules perd beaucoup de sa vivacité. La lame étant tenue entre l'œil et la lumière, on distingue les granules de Garance ou de Garancine à leur couleur carminée, tandis qu'on reconnaît les granules frauduleux inertes à leurs nuances ternes, jamais carminées, le plus souvent jaunes, brunes, fauves, comme dans les exemples suivants :

Coques d'amandes : Ambré, jaune doré, incolore.

Sciure d'acajou : Roux-orangé, incolore.

Vieux tan, vieilles écorces de Saule, d'Orme, de Verne, de Platane, etc. : Roux-fauve, brun-rouge.

Ocre rouge, brique pilée : Brun-rouge.

Ocre jaune : Roux-fauve.

etc., etc.

Les bois colorants se reconnaissent aussi en partie par ce procédé, excepté les bois rouges qui prennent précisément la nuance carmin de la Garance. Voici les nuances des bois colorants sous l'influence de la lame potassique :

Brésil. Beau carmin.

Campêche. A l'instant beau bleu violacé. La nuance tourne très-rapidement au violet pur, puis au cramoisi et enfin s'affaiblit jusqu'à disparaître en passant par le roussâtre.

Santal. Cramoisi. Dans les circonstances actuelles, ce bois et celui de Brésil peuvent se confondre parfaitement avec la Garance.

Cuba. Beau jaune.

Quercitron. Superbe jaune doré avec une large aréole.

Fustet. Rouge de sang, orangé vif, plus tard fauve.

CHAPITRE II.

Usage de la lame proportionnelle et observations.

Si la racine de Garance était d'une pureté parfaite, c'est-à-dire si elle était préalablement débarrassée de tous les corps étrangers par un triage minutieux, la poudre qui en proviendrait ne donnerait sur la lame potassique que des granules carminés. Mais ce triage est tout-à-fait impossible et d'ailleurs inutile. Les ouvriers occupés à arracher la Garance mêlent inévitablement avec les racines de celle-ci, d'autres racines qui présentent plus ou moins les apparences superficielles des alizaris et qui ont végété spontanément dans les cultures. D'autre part, le collet de la racine de Garance est fréquemment surmonté d'un fragment de fane dans lequel ne pénètre pas la matière tinctoriale. Il y a donc toujours dans les alizaris, soit des racines étrangères, soit des tronçons de fane dépourvus de matière colorante ; ce qui produit dans la poudre de Garance, même la plus irréprochable, la présence normale d'une certaine quantité de matières inertes qui se décèlent sur la lame potassique par leur couleur jaune. J'ai eu fait à diverses reprises ce qu'on pourrait appeler des herborisations dans des balles de Garance, et je me suis convaincu qu'il serait possible de se procurer ainsi, sinon la tige, du moins la racine de toutes les plantes qui viennent spontanément dans les cultures de Garance. Les racines que j'ai rencontrées le plus fréquemment sont celles de Chiendent, de Carex, de Souchet, de Phragmites, de Mûrier, de Prêle.

La présence normale de ces matières inertes dans la Garance, constitue une source d'erreurs qu'il importe d'étudier avec soin. A quelle proportion peut-on au plus évaluer la quantité de ces matières inertes, fane sans couleur et racines étrangères ? Deux moyens se présentent pour évaluer cette proportion. Soit un poids connu d'alizaris pris dans une balle au hasard. Séparons avec soin tout ce qui n'est pas matière tinctoriale et pesons-le à part. Nous aurons ainsi un rapport à peu près exact pour la balle éprouvée, mais pouvant varier singulièrement d'une balle à l'autre. Des divers résultats que j'ai ainsi obtenus, je prends celui où le rapport est le plus fort, celui qui m'a été fourni par des alizaris de qualité fort médiocre, et je trouve que ce rapport ne s'élève pas à 1/200e, c'est-à-dire que sur 200 kilogrammes de ces alizaris, il y a à peine 1 kilogramme de matières végétales impropres à la teinture.

Le second moyen est plus expéditif et plus praticable. Dans un gramme de poudre de Garance, j'introduis un centigramme de matière étrangère facile à reconnaître, de bois de Campêche, par exemple. Il est évident que ce bois doit être en poudre aussi fine que la Garance. Après avoir intimement mélangé les deux corps, j'essaie ce mélange sur la lame de verre divisée à la pointe de diamant en centimètres carrés, lame à laquelle je donne le nom de *lame proportionnelle*. Pour cela, je me sers de l'acide sulfurique, comme il a été dit au paragraphe des bois colorants. Les granules de Garance sont alors fauves et ceux de Campêche d'un beau carmin. Comptons maintenant le nombre de grains rouges qui se montrent dans chaque centimètre carré du réseau. Supposons que ce réseau renferme 20 compartiments ou centimètres carrés. En additionnant les nombres de grains trouvés dans chaque compartiment, et en divisant la somme par 20, on aura le nombre moyen de grains

rouges contenus dans un compartiment quand la Garance
renferme 1/100e de Campêche. Je sais bien que ce nombre
doit varier suivant qu'on projette plus ou moins de Garance
fraudée sur la lame, aussi je recommande une seconde fois
de couvrir la lame de poudre assez clair-semée pour que les
grains puissent se distinguer l'un de l'autre. Au reste, il est
facile de répandre immédiatement sur deux lames à très-
peu près la même quantité de poudre, et c'est là tout ce
qui est indispensable. Peu importe la valeur absolue des
nombres trouvés, pourvu que ces nombres soient compa-
rables. En répandant la Garance comme je la répands d'ordinaire, je trouve qu'en moyenne pour 1/100e de bois de
Campêche introduit dans la Garance, il y a dans chaque
centimètre carré de 2 à 4 granules rouges.

Je recommence maintenant la même opération en me
servant de la dissolution potassique par laquelle la Garance
vire au carmin et les matières inertes normales, c'est-à-
dire la fane non colorée et les racines étrangères, au jaune.
Je passe ainsi en revue toutes les poudres de Garance qu'il
m'a été possible de me procurer, et chaque fois, je répands
la poudre sur la lame à très-peu près dans la même proportion que celle qui me sert de point de repère, c'est-à-dire
que celle que j'ai mélangée avec 1/100e de Campêche. Je
trouve ainsi que le nombre de points jaunes s'élève suivant
la provenance de la Garance à 3, 4, 5, 6, 7, 8, 10, 12,
18 pour 20 centimètres carrés. Adoptons le nombre le plus
fort, 18. Il nous prouve que dans les essais que j'ai faits
de diverses Garances, les matières inertes normales fournissent à peine, dans le cas le plus favorable, un grain
par centimètre carré. Or, la Garance mélangée avec 1/100e
de Campêche fournit 2--4 grains rouges par centimètre carré.
Donc, les premières, dans le cas le plus favorable, renferment de 1/400e à 1/200e de ces matières inertes. Forçons

encore ces chiffres et admettons le nombre rond 1/100e
pour la limite de la tolérance des matières inertes normales. Nul ne s'avisera évidemment d'introduire dans la Garance pour en augmenter le poids, une matière inerte dans
la proportion de 1/100e, cette fraction n'en valant pas la
peine ; par conséquent, tant que le nombre de points dépourvus de matière colorante ne s'élèvera pas à plus de 2
à 4 en moyenne par centimètre carré, ces points devront
être attribués, non à la mauvaise foi, mais à l'inévitable
présence de la fane incolore et de quelques brins de racines
étrangères. Encore une fois, je n'attache aucune valeur
absolue à ce nombre de 2 à 4 grains par centimètre carré,
puisque chacun peut trouver plus ou moins suivant la manière dont il répandra la poudre sur la lame. Chaque expé-
rimentateur doit lui-même trouver le nombre qui corres-
pond à sa manière de faire, en essayant de la Garance
mélangée avec 1/100e de Campêche. Le nombre qu'il obtiendra pourra différer du mien, mais à coup sûr n'en différera
pas beaucoup. C'est sur ce nombre préalablement trouvé
qu'on se basera pour les opérations suivantes.

Si des matières inertes entraient frauduleusement dans
une poudre de Garance, elles devraient s'élever pour qu'il
y eût bénéfice, à une assez forte proportion, à 1/10e par
exemple. Dans ce cas, la discussion précédente nous dé-
montre que chaque centimètre carré contiendrait environ
de 20 à 40 granules étrangers, c'est-à-dire que la lame
serait littéralement encombrée de ces granules. Il suffirait
donc d'un coup-d'œil même très-rapide pour affirmer que
la Garance est fraudée.

Les matières tannantes peuvent, elles aussi, entrer,
mais en très-minime proportion, dans la poudre de Garance, sans qu'il y ait lieu de les attribuer à la mauvaise foi.
Un certain nombre de plantes qui peuvent croître sponta-

nément dans les cultures de Garance renferment du tannin, les Salicaires, les Polygonum par exemple. De ce qu'on trouverait sur la bande de papier ferrique une tache bleue, il ne faudrait pas se prononcer pour la fraude, puisque cette tache peut se présenter normalement. Le nombre de ces taches doit être beaucoup plus considérable même pour une fort minime fraction de tannin ajouté à la Garance. Ainsi, si nous divisons, avec un crayon, la surface du papier ferrique en réseau de centimètres carrés après que ce papier a servi à l'essai de la Garance, la discussion qui précède nous apprend que pour 1/10e de tannin, chaque centimètre carré doit présenter de 20 à 40 points bleus; pour 1/100e, de 2 à 4; et que pour 1/1000e de tannin, la bande supposée contenir 20 centimètres carrés, doit encore en présenter en son entier de 4 à 8. Ces nombres, bien qu'ils ne soient que des approximations assez larges, nous enseignent suffisamment quelle conséquence il faut tirer de la présence de quelques rares taches bleues sur la bandelette ferrique.

Après avoir constaté dans une poudre de Garance la présence d'un corps frauduleux, il peut être nécessaire dans quelques circonstances d'en év aluer approximativement la proportion. La lame divisée en réseau de centimètres carrés, donne cette évaluation qui s'obtient en comparant le nombre moyen de grains rouges fournis par centimètre carré par la Garance mélangée avec 1/100e de Campêche et le nombre moyen de grains étrangers fournis sur la même surface par la Garance fraudée. Si la Garance type au Campêche donne 5 grains par centimètre carré et l'autre 15 par exemple, cela signifie qu'à peu près la Garance fraudée renferme 3/100e de corps étrangers. Je n'insisterai pas davantage sur ce point où cha-

cun peut introduire les combinaisons suggérées par la
pratique.

L'examen de la Garance sur la lame potassique peut
avantageusement remplacer les moyens expéditifs, mais peu
concluants, qu'on emploie d'ordinaire pour apprécier sa valeur. Ainsi une Garance est d'autant meilleure évidemment que par l'action de la potasse, les granules prennent
une teinte carminée plus vive, plus homogène; que ces
granules sont mélangés à une moindre proportion de granules roussâtres, bruns, jaunes, etc., provenant, soit
de corps étrangers accidentels, soit de Garance mal préparée, en partie décomposée, carbonisée, etc. Cet examen
permet encore de constater si dans la poudre il y a de
la Garance déjà épuisée par le bain de teinture, car
les granules épuisés prennent alors simplement une couleur vineuse terne sans colorer le réactif autour d'eux,
tandis que les granules normaux prennent une belle teinte de carmin et s'entourent d'une aréole purpurine. A la
rigueur, l'examen sur la lame potassique suffit pour dé-
cider si une Garance est fraudée ou non, car, à l'exception des bois colorants rouges, le Brésil et le Santal,
aucun autre corps pouvant entrer frauduleusement dans la
poudre ne prend la teinte carminée de la Garance. Toute autre nuance annonce donc un mélange frauduleux,
pourvu cependant que les granules qui la présentent soient
dans une proportion suffisante, ainsi qu'il vient d'être dit.

Il est temps de condenser en peu de mots les détails dans
lesquels j'ai cru devoir entrer pour ne pas laisser le moindre doute dans l'esprit du lecteur.

On dispose devant soi trois lames de verre. Avec des
mèches de papier on enduit l'une d'une dissolution de
potasse caustique; la seconde, d'acide sulfurique; la troisième, d'eau calcaire. On met en outre sur cette dernière

5

une bande de papier sans colle trempée dans une vieille dissolution de sulfate de fer et tenue sèche en réserve dans un flacon.

Avec un pinceau, on saupoudre les trois lames de la Garance ou Garancine à essayer, de manière que le dépôt pulvérulent soit régulier et clair-semé.

En se plaçant en face du jour, on observe d'abord la lame potassique où la réaction est la plus rapide. La Garance et ses dérivés y prennent la couleur carmin. Tout ce qui n'a pas cette nuance est étranger à la Garance, ou, tout en lui appartenant, est dépourvu de matière tinctoriale.

On examine alors la lame sulfurique. La Garance et ses dérivés y prennent une couleur fauve. Les bois tinctoriaux y prennent de vives nuances carminées, cramoisies, jaunes, rouge de sang.

On passe enfin à l'examen de la lame ferrique. Tous les granules tanniques sont noirs, et forment sur le papier des aréoles d'un beau bleu. Les granules de Garance ou de ses dérivés ne produisent rien de pareil.

Il est bon pour ces trois observations de se servir d'une loupe qui arrête mieux le regard sur un point déterminé et permet de voir les granules les plus fins.

Si la Garance sort victorieuse de ces trois épreuves, elle est pure.

Chacune de ces trois opérations ayant été éprouvée avec de la Garance dans laquelle on avait introduit $1/1000^e$ de matières étrangères, et ayant toujours permis de retrouver ces matières, on peut dire que la sensibilité des moyens proposés est pour ainsi dire illimitée quand on emploie une loupe.

La lame proportionnelle donne approximativement la proportion des corps étrangers trouvés dans la Garance.

Quand la connaissance de cette proportion est inutile, le temps qu'exige un essai complet se réduit à environ dix minutes, les réactifs étant supposés toujours prêts.

J.-H. FABRE,

Docteur ès-sciences, Professeur de Physique et de Chimie au Lycée Impérial et aux Écoles municipales d'Avignon.

MÉMOIRE N° 6.

« Il serait à souhaiter que l'art de tromper
fût parfaitement ignoré des hommes,
dans toutes sortes de professions. »
GEOFFROY L'AÎNÉ.

Les intérêts agricoles et commerciaux du Département de Vaucluse étant sérieusement menacés par les abus et les fraudes de toute nature qui se sont introduits dans une industrie constituant la principale richesse du pays, la Chambre de Commerce d'Avignon, par une décision en date du 20 décembre 1858, a mis au concours la question suivante : « *Trouver un procédé usuel propre à reconnaître d'une manière sûre et facile, dans la Garance et les divers produits qui en dérivent, toute espèce d'altération ou de mélange ayant un caractère frauduleux.* »

Cette décision fut insérée au *Moniteur* ; et, c'est par cette voie que j'ai appris l'existence de ce concours, il y a quatre mois. Malgré le peu de temps qui m'était donné, je me suis mis avec ardeur au travail ; la question me souriait plus que toute autre, vu l'intérêt industriel et commercial qui s'y rattachait, et vu aussi l'intérêt scientifique que la question, toute nouvelle pour moi, apportait avec elle.

Par des amis dévoués, je me procurai des Garances de toutes provenances et d'une pureté absolue. Ces matières premières furent les bases de mon travail ; de mon côté, je trouvai dans le commerce des échantillons de Garance sur lesquels j'appliquai mes procédés.

Je me suis surtout appliqué à donner des moyens généraux permettant de classer les matières falsificatrices en groupes distincts, puis j'ai pris à part chacune de ces matières, et j'ai indiqué des réactions particulières auxquelles elles donnent lieu en présence de la Garance.

J'ai divisé mon travail en deux parties : dans la première, je m'occupe de l'étude des Garances proprement dites ; dans la seconde, de l'étude des produits industriels qui en dérivent : *Alizarine*, *Colorine*, *Garancine*, *Garanceux et Laques*.

J'ose espérer que ce travail modeste, entrepris sans aucune prétention au succès, ne sera pas indigne de l'attention du Jury, et que, si dans son ensemble, il ne résout pas d'une manière complète la question qui a été posée, on pourra néanmoins trouver dans ces recherches des vues nouvelles et des données utiles basées sur l'expérience et qui peuvent être facilement pratiquées par toutes les personnes intéressées à se mettre en garde contre les falsifications de la Garance et de ses dérivés.

21 Septembre 1859.

DES FALSIFICATIONS

DE LA

GARANCE

ET DE SES DÉRIVÉS,

PAR

M. T. CHATEAU,

CHIMISTE AU MUSÉUM D'HISTOIRE NATURELLE
DE PARIS.

——••➤ ☀ ◆••——

Après l'Indigo, la racine de *Garance* est, sans contredit, la substance tinctoriale la plus importante que nous fournisse le Règne végétal ; la matière rouge que l'on en extrait est une des plus belles et plus solides couleurs que l'on connaisse.

6

La *Garance*, appelée par les botanistes *Rubia Tinctorum*, appartient à la famille des Rubiacées, et de cette plante on n'emploie que la racine où le principe colorant rouge se trouve particulièrement accumulé.

La racine se compose de trois parties bien distinctes : d'une pellicule extérieure légère et rougeâtre, appelée épiderme ; d'une partie corticale *rouge*, et d'un cœur ligneux *jaune* qui la parcourt dans toute sa longueur.

Le principe colorant réside surtout dans la *partie corticale*, aussi cherche-t-on, autant que possible, à l'isoler de l'épiderme et du cœur ligneux. C'est là du moins le but du robage et de la mouture qu'on fait subir habituellement à la racine séchée et vannée.

La racine de Garance est livrée au commerce, tantôt en nature et porte alors le nom d'Alizari, tantôt sous forme de *poudre*, et dans ce cas le nom générique de Garance lui est conservé.

Les Alizaris, comme les poudres qui en proviennent, sont distingués d'après leur origine ; ainsi on dit alizaris d'*Avignon*, d'*Alsace*, d'*Auvergne*, du *Levant*, etc., comme aussi *Garance d'Avignon*, d'*Alsace*, de *Hollande*, etc.

Les racines entières, les alizaris en un mot, sont très-peu employés en teinture ; d'ailleurs au point de vue qui nous occupe, ils n'offrent pas de prise à la sophistication.

Toute notre attention doit donc se porter sur l'étude des *poudres* ou *Garances*. Mais sans faire ici une monographie complète des différentes espèces de *Rubia Tinctorum*, croyons-nous nécessaire de faire connaître les caractères particuliers aux trois sortes de Garances connues dans le commerce sous les noms de Garance d'Avignon, Garance d'Alsace et Garance de Hollande.

GARANCE DE HOLLANDE.

Odeur. — La Garance de Hollande a une odeur qui, sans être pénétrante, n'en est pas moins forte et nauséabonde.

Saveur. — Sa saveur est sucrée avec mélange d'amertume.

Tact. — Elle paraît grasse au toucher.

Couleur. — Sa couleur varie du jaune brillant au rouge-orangé, puis au rouge-brun.

Hygrométricité. — Cette poudre travaille plus que les autres, c'est-à-dire qu'elle absorbe facilement l'humidité et que, dans ce cas, sa couleur varie du rouge-orangé au rouge vif. Enfin en vieillissant, elle se grappe, et durcit tellement dans les fûts, qu'on est obligé de la casser avec des marteaux.

GARANCE D'ALSACE.

Odeur. — Cette Garance a une odeur moins forte que la précédente, mais plus pénétrante.

Saveur. — Une saveur moins sucrée, également amère.

Couleur. — Sa couleur varie du jaune vif au brun, avec l'âge.

Fermentation. — Quoique sa fermentation soit moins prononcée que celle de la Garance de Hollande, elle ne s'en grappe pas moins jusqu'au cœur, et durcit beaucoup dans les fûts.

Caractère particulier. — Délayées dans quatre fois leur poids d'eau, les Garances d'Alsace donnent à ce véhicule l'aspect d'une gelée qui se coagule au bout de quelques heures. Ce phénomène est particulier à cette Garance, et ne se produit pas avec celles de Hollande et celle d'Avignon.

GARANCE D'AVIGNON.

Odeur. — Cette Garance a une odeur agréable et peu pénétrante.

Saveur. — Sa saveur est légèrement sucrée avec amertume.

Toucher. — Sa poudre est sèche au toucher.

Couleur. — Sa couleur varie du rouge-clair rosé au rouge-brun, suivant les racines employées.

Hygrométricité. — Elle est beaucoup moins hygrométrique que les deux précédentes, elle conserve plus longtemps l'état pulvérulent, et par suite, elle a moins de endance à se grapper.

Elle ne produit pas de gelée avec l'eau, ce qui la distingue des Garances d'Alsace.

ASPECT MICROSCOPIQUE DE CES TROIS GARANCES.

La finesse du grain des Garances varie avec les modes de mouture et de robage, et aussi avec le soin qu'on apporte dans ces opérations.

C'est ainsi que la *Garance de Hollande* est, comme on dit dans le commerce, *en paille*, c'est-à-dire assez grosse pour laisser apercevoir à l'œil nu la texture de la racine, et qu'il n'est même pas rare d'y trouver des parcelles d'alizaris n'ayant point été atteints par la meule ; tandis que les Garances d'Alsace ou d'Avignon sont ordinairement en poudre fine très-homogène.

Au point de vue qui nous occupe, cette trituration grossière de la Garance de Hollande, que l'on serait tenté d'attribuer à la négligence, n'est point un défaut, puisqu'elle écarte plus facilement toute sophistication.

Placées sur une lame de verre et vues au microscope , le fond étant obscur , (c'est-à-dire le miroir inférieur étant presque horizontal), la *Garance d'Alsace* et la *Garance d'Avignon* apparaissent composées de petites plaques régulières, présentant en masse l'aspect d'une cristallisation de nitrate d'urée impur. La couleur même , pour la plus grande partie des échantillons que j'ai examinés au microscope, est sensiblement celle du nitrate d'urée impur ; quelquefois c'est à s'y méprendre. Aussi est-il facile de distinguer , rien que par la différence des couleurs , quelques unes des matières étrangères introduites dans la Garance dans le but de la falsifier.

En raison du prix élevé des Garances , et surtout de la facilité avec laquelle on peut introduire dans ces poudres des matières étrangères pulvérulentes que l'œil le plus exercé ne pourrait reconnaître , cette substance tinctoriale est l'objet d'abus et de fraudes dont le signalement et la reconnaissance font l'objet du présent Mémoire.

Ces fraudes , à mon avis , sont de deux sortes :

Ou le fabricant *travaille* les Garances ordinaires dans le but de leur donner l'apparence et surtout la *couleur* des Garances de première qualité , comme cela se pratique pour les Garances d'Avignon dites Paluds ; alors il est coupable , puisqu'il vend ou peut vendre comme Paluds des Garances de toute autre provenance. Ou il *introduit* dans les poudres de Garance des matières qui en *augmentent le poids* tout en rehaussant le ton général , ou bien même il se contente seulement *d'augmenter le poids sans s'inquiéter du ton* , par des substances qui ne sont pas même tinctoriales. On conçoit qu'il était assez difficile qu'un fabricant de Garance résistât à la tentation de satisfaire ses pratiques tout en augmentant ses bénéfices !

COLORATION ARTIFICIELLE DES GARANCES.

La couleur qu'affecte une poudre de Garance peut tenir soit à la nature du sol où la plante a été cutlivée, soit au mode de préparation qu'on a fait subir à l'alizari ou à sa poudre.

Les alizaris récoltés dans les terrains Paluds possèdent une couleur rouge sombre due à une certaine quantité de carbonate de chaux et de carbonate alcalin qu'ils contiennent naturellement et comme partie constituante, lesquels carbonates font virer la nuance jaune propre aux alizaris, ou qui oxydent la matière colorante jaune, et partant la coloration générale. La présence de ces carbonates n'a rien d'extraordinaire, puisque le terrain de ces marécages desséchés renferme de 78 à 90 p.%₀ de craie. D'ailleurs cette coloration des alizaris Paluds est bien due au terrain, puisque les Garances d'Avignon cultivées dans la montagne, ainsi que celles d'Alsace ou de Hollande ne présentent pas ce caractère.

Les Garances provenant des Paluds du Venaissin étant les plus recherchées pour leur couleur et leurs effets en teinture, on comprend qu'on ait cherché à donner aux autres Garances et l'apparence et surtout la couleur de ces Garances.

1er *Moyen.* Deux moyens sont employés pour arriver à ce but : le premier consiste à pousser moins loin qu'on ne le fait d'habitude la première dessication à laquelle on soumet les racines, puis à leur faire subir une fermentation en les abandonnant quelque temps à elles-mêmes ; enfin, de les chauffer à l'étuve à une température plus élevée que celle à laquelle on les traite ordinairement. Cette *manipulation*, tout en colorant la poudre, la rend moins hygrométrique, moins sujette à se grapper et la rapproche ainsi de la Garance Paluds, dont elle a le grain et l'aspect.

2ᵐᵉ *Moyen.* Le second moyen consiste à mélanger intimement à la poudre d'une Garance fraîche, un mélange de sel ammoniac et de chaux éteinte en poudre impalpable. L'ammoniaque qui se dégage de la réaction de la chaux sur le chlorhydrate d'ammoniaque fait virer la nuance du jaune-orangé au rouge et donne ainsi le ton de la Garance Paluds.

De ces deux moyens, le dernier est à mes yeux le plus frauduleux. Pourquoi ? La raison en est toute simple : dans le premier, la coloration est due à un mode particulier de dessication, on n'ajoute rien de nuisible ; d'ailleurs cette coloration est permanente, et ne donne lieu à des accidents que lorsqu'une pareille Garance est employée à teindre des mordants d'alumine et de fer en présence de l'eau distillée. Dans le second, au contraire, on profite d'un dégagement artificiel d'ammoniaque qui ne peut être de longue durée, car une fois tout le gaz ammoniac chassé par la chaux, la Garance reprend sa couleur primitive, et le teinturier est encore plus trompé.

Voici d'ailleurs les moyens qui permettent de distinguer ces Garances artificielles des Garances Paluds naturelles.

Tandis que les Garances Paluds employées à teindre des mordants d'alumine et de fer en présence de l'eau distillée, donnent naissance à des couleurs qui résistent à toutes les opérations de l'avivage, les Garances colorées par le premier procédé ne produisent, dans les mêmes circonstances que des couleurs disparaissant plus ou moins complétement à l'avivage. De plus une Garance Paluds pur fait fortement effervescence dans les acides ; pour la plupart des autres Garances, cette effervescence ne se manifeste pas, ou du moins très-faiblement.

Pour reconnaître une Garance Paluds naturelle d'avec une Garance colorée par le deuxième procédé, on procède comme suit : on introduit la Garance dans un tube fermé par un bout, on verse dessus un peu de potasse caustique, ou de carbonate alcalin (Potasse ou soude du commerce), puis on fait bouillir. S'il se dégage de l'ammoniaque, que l'on sent à son odeur, ou qui est accusée par un papier de tournesol rougi placé à l'entrée du tube, la Garance a été colorée par le sel ammoniac.

Si on n'a pas d'alcalis fixes ou de carbonates alcalins sous la main et qu'on ait de la chaux vive, on broiera dans un petit mortier la poudre soupçonnée avec un peu de cette chaux vive. L'ammoniaque, s'il y en a, se dégagera et se reconnaîtra à son odeur et au bleuissement du papier tournesol rougi par un acide.

A défaut d'alcalis caustiques et de chaux vive, on reconnaîtra le chlorhydrate d'ammoniaque, en faisant bouillir pendant quelques instants la Garance soupçonnée avec de l'eau distillée, filtrant, et ajoutant dans la dissolution filtrée quelques gouttes de nitrate d'argent. Il se fera un précipité caillebotté de chlorure d'argent soluble dans l'ammoniaque, si la Garance a été colorée par le sel ammoniac.

Enfin, tandis qu'une Garance Paluds véritable fera fortement effervescence dans les acides, une Garance colorée artificiellement par le sel ammoniac et la chaux ne fera pas effervescence ou très-peu du moins, à moins que, à la chaux, le fabricant ait ajouté un peu de craie dans le but de compléter l'illusion.

AUGMENTATION DE POIDS DES GARANCES
PAR L'INTRODUCTION DE SUBSTANCES ÉTRANGÈRES.

Ce deuxième genre de fraudes, malheureusement le plus commun, consiste dans l'emploi de substances minérales et végétales dont la couleur diffère peu de celle de la Garance. Parmi les *substances minérales* on emploie :

L'Ocre rouge ,   Les Sables jaunâtres ,
L'Ocre jaune ,   Les Argiles jaunâtres ,
Certaines terres argileuses
    dites Bols ,   La Brique pilée.

Parmi les substances *organiques végétales* , on emploie : les poudres des bois de *Campêche* ,

de *Sappan* ;
de *Santal* ,
de *Fernambouc* ,
d' *Acajou* ;
Les écorces du *Pin* ,
du *Chêne* ,
du *Quercitron* ;
La fleur du *Sumac de Sicile*, *etc.* ;
La sciure de *Bois ordinaire* , (*Charme, Chêne ,*
Frêne , *etc.*) ;
Les coques d'*Amandes pulvérisées* ;
Le *Son des Farines* ;
La *Garance déjà épuisée par la teinture.*

Parmi ces matières végétales , huit sont des substances tinctoriales. Ces poudres étrangères non seulement diminuent d'autant la valeur des produits tinctoriaux, mais encore absorbent de la matière colorante , aussi nuisent-elles beaucoup plus à la teinture que les matières minérales.

Procédons maintenant à l'analyse des Garances.

7

ANALYSE DES GARANCES.

Marche Générale.

Dans toute analyse , soit minérale soit organique , il faut suivre une marche systématique et observer les réactions dans un ordre déterminé. Cette marche repose sur l'emploi d'un certain nombre de *réactifs généraux* , c'est-à-dire de réactifs se comportant dans les mêmes circonstances , à l'égard d'un nombre limité de corps , d'une manière sinon identique , du moins semblable , et permettant ainsi de diviser en *groupes analytiques* tous les corps contenus dans la substance soumise à l'analyse.

C'est une marche semblable que j'ai essayé de suivre pour l'analyse des poudres de Garance. Je me suis proposé, en faisant usage de réactifs généraux , de former un premier classement qui facilite et prépare la détermination de chaque substance étrangère à la Garance.

Les réactifs généraux que j'emploie sont :

L'acide chlorhydrique.

L'acide azotique.

Le cyanure de potassium.

La pesanteur spécifique.

Les réactions générales que j'emploie sont les suivantes :

1° *Examen des cendres de Garance et constatation dans ces cendres de la présence ou de l'absence du manganèse ;*

2° *Coloration que prend l'acide chlorhydrique mis en digestion sur de la Garance pure ou falsifiée ;*

3° *Coloration que l'acide azotique prend dans les mêmes circonstances ;*

4° *Action du cyanure de potassium en dissolution sur la décoction fraîche de la Garance pure ou falsifiée ;*

5° *Différence de densité existant entre la poudre de Garance et certaines poudres qu'on y introduit.*

Ce qui groupe les substances falsificatrices en cinq familles ou groupes.

PREMIER GROUPE.

Examen des cendres.

Pour la plupart des cas, on peut reconnaître si une Garance a été falsifiée, en faisant le dosage des cendres qu'elle laisse et comparant le nombre obtenu avec celui donné par une Garance normale. Ce moyen est bon, si la substance falsificatrice est minérale, comme les ocres, etc., ou si la substance organique ajoutée laisse elle-même beaucoup de cendres; mais si cette dernière en laisse excessivement peu, comme l'écorce de Pin par exemple, alors on pourra être induit en erreur : l'augmentation de poids ne sera pas assez sensible pour pouvoir assurer qu'il y a eu falsification. Très-bien si le poids des cendres de Garance était représenté par un nombre qui ne soit pas une moyenne, mais un nombre fixe. Cette moyenne de 7 à 8 pour °/₀ assignée par une foule d'expériences, donne la latitude d'une unité qui pourrait être remplie, sans être dépassée, par les cendres laissées par l'écorce de Pin; et quand bien même le chiffre 8 serait dépassé d'une unité, cette augmentation pourrait très-bien être attribuée à une mauvaise préparation des racines.

Il ne faut donc pas se contenter de connaître la quantité de cendres laissées par une Garance, il faut encore savoir ce que contient cette cendre.

Incinération. On prendra une certaine quantité de Garance et on l'incinérera soit dans un creuset de platine, soit dans une cuiller à projection en fer bien propre, et à ce spécialement destinée, soit enfin dans un creuset de terre neuf. Ces deux derniers moyens m'ont toujours réussi, ils sont économiques ; les chimistes possédant un laboratoire bien monté, ayant seuls à leur disposition et un creuset de platine et une lampe à double courant d'air destinée à faire rougir le creuset, deux objets coûtant fort cher.

Si on se sert d'une cuiller en fer, on la placera sur un feu très-ardent qui en peu de temps la fera rougir fortement et par suite brûlera très-vite la poudre. On retirera la cuiller du feu, lorsqu'il ne restera plus de points noirs. Il est bon pendant l'incinération de renouveler les points de contact de la Garance avec une petite tige d'acier ou de fer bien propre et toujours à ce destinée.

Si on emploie un creuset de terre, on y introduira une certaine quantité de poudre, on couvrira le creuset afin que les cendres qui voltigent toujours d'un fourneau allumé, n'y pénètrent pas, et on chauffera jusqu'au rouge blanc. (L'emploi du coke comme combustible permet d'arriver à cette température). En moins d'un quart d'heure, 20 minutes au plus, quelques grammes de Garance peuvent être complètement brûlés.

On comprend que les essais quantitatifs des cendres de Garance peuvent être effectués par les mêmes moyens, seulement plus de précautions, de soins, sont à prendre.

Couleur des cendres. Les cendres peuvent être *blanc-grisâtres* ou *gris-rougeâtres* ou franchement *rouges.*

1° Les Garances d'*Avignon*, d'*Alsace*, de *Hollande* donnent des cendres blanc-grisâtres.

Le *Campêche*, le *Santal*, le *Sappan*, l'*Acajou*, l'*Écorce de pin*, le *Sumac*, les *Coques d'amandes*, le *Son*, donnent également des cendres blanchâtres (grises).

2° Si les cendres sont *gris-rougeâtres*, elles contiennent des cendres d'*Écorce de chêne*, ou de *Quercitron*.

3° Si elles sont *rougeâtres couleur d'ocre rouge*, elles indiquent d'abord l'ocre rouge, ou l'ocre jaune ou en général les argiles ou les sables argileux jaunâtres, ces substances minérales devenant rouges par l'action de la chaleur.

Recherche du Manganèse. Les cendres laissées par une Garance peuvent contenir du manganèse suivant les substances qu'on aura introduites dans la poudre. Pour constater la présence de ce corps, on prendra une certaine quantité de la cendre, on la placera dans une cuiller d'argent, (une cuiller Ruolz fait très-bien l'affaire), où sur une lame d'argent, et on y ajoutera un petit morceau de potasse caustique ; on chauffera sur une lampe à alcool où sur un fourneau de manière à faire fondre la potasse, jusqu'à ce que celle-ci se maintienne en fusion tranquille. Pour peu que la cendre contienne du manganèse, la potasse se colorera en vert à chaud, en bleuâtre à froid, et deviendra d'autant plus verte que la cendre contiendra plus de manganèse.

Si l'on a à sa disposition une petite lame de platine, on fera un mélange de cendre, de carbonate de soude et d'un peu de salpêtre et on placera ce mélange à l'extrémité de la lame ; on chauffera cette extrémité sur une lampe à alcool, en tenant l'autre à la main (le platine n'étant pas conducteur de la chaleur). Pour activer la fusion du mélange, d'ailleurs rapide, il sera bon de diriger la flamme de la lampe par dessous la lame de platine, en se servant d'un chalumeau. Si la cendre contient du manganèse, même en quantité minime, on obtiendra une masse colorée en vert tant qu'elle est chaude, et en bleu-verdâtre après le refroidissement.

Pour les chimistes qui ont une certaine habitude du chalumeau, j'indiquerai la coloration améthyste que les perles de borax et de sel de phosphore prennent à chaud en présence du manganèse.

La recherche du manganèse dans les cendres de Garance peut se faire également avec la plus grande exactitude par voie humide. Voici deux méthodes qui fournissent d'excellents résultats, surtout la dernière due à mon collègue M. Beauvallet.

Le premier procédé consiste à attaquer les cendres par l'acide azotique, puis à faire bouillir la solution acide avec un peu d'oxyde puce de plomb (acide plombique). Après une ébullition de quelques minutes, on laisse reposer le liquide qui est coloré en rose-violet plus ou moins intense s'il y a du manganèse dans les cendres ; des traces de ce métal peuvent être ainsi reconnues.

Le second procédé, tout nouveau et jusqu'ici inédit, consisterait 1°, à attaquer les cendres de Garance par l'acide chlorhydrique ; 2°, à ajouter dans la liqueur (sans la filtrer) un petit excès d'une dissolution de potasse caustique et en même temps un peu d'eau de javelle incolore ou d'un hypochlorite soluble quelconque ; la soude caustique du commerce peut remplacer la potasse ; 3°, à faire bouillir le tout pendant quelques minutes. On laissera reposer le liquide, et la coloration violet-rose de la solution surnageant le précipité indiquera le manganèse. Des traces non accusables par les autres procédés ci-dessus mentionnés peuvent être reconnues par ce nouveau moyen.

Si j'insiste ainsi à donner des moyens sûrs et rapides pour rechercher le manganèse, c'est que la constatation de la présence ou de l'absence de ce métal dans les cendres de Garance, permet de s'assurer, en peu de temps, de la falsification, ou de la non-falsification de ces poudres par un certain nombre de substances végétales.

J'indiquerai également, comme très-exacte, la coloration violette que prend une dissolution acide d'un sel de manganèse, lorsqu'on la fait bouillir avec de l'oxyde puce de plomb (acide plombique).

Les substances dont les cendres contiennent du manganèse sont : L'Ecorce de chêne, ⎰ La réaction est très-nette et Le Quercitron, ⎱ assez intense.

Le Fernambouc, ⎰ Faible coloration. Le Sappan, ⎱

Les Coques d'amandes. Coloration plus visible que pour les deux substances précédentes.

Les cendres qui ne contiennent pas de manganèse sont : les cendres des *Garances* d'*Avignon*, d'*Alsace*, de *Hollande* etc. les cendres de *Santal*, de *Pin*, de *Campêche*, de *Sumac* et d'*Acajou*.

Un cas particulier peut cependant se présenter ici : la potasse peut se colorer *très-fortement* en vert; la coloration pourrait être due alors à des substances minérales, comme les *bols* ou terres argileuses.

Les ocres jaunes et rouges ne contiennent pas de manganèse. Je m'en suis assuré par des essais faits sur un grand nombre d'ocres de toutes provenances.

Les sables jaunâtres sont dans le même cas; les argiles jaunâtres également.

La brique pilée et les terres argileuses brunes m'ont donné presque toujours une très-grande proportion de manganèse. Si ce cas se présentait, on serait déjà fixé sur la présence de l'argile dans la Garance; pour s'en assurer, on aurait recours à la constatation de l'oxyde de fer en excès, la Garance en contenant déjà.

Le meilleur moyen pour constater d'une manière sûre, rapide et facile, la présence de l'oxyde de fer en excès dans une cendre de Garance, serait d'employer le permanganate de potasse (Caméléon minéral). La quantité d'oxyde de fer que renferme en moyenne une Garance pure, s'élève à 2 et 3 pour. %. Si l'essai indique une plus grande proportion, on sera de suite fixé sur la présence dans la Garance de matières minérales ferrugineuses. Je n'indiquerai pas ici le procédé de dosage du fer par le permanganate de potasse, on le trouvera dans le premier traité venu de chimie analytique. Je le conseille, parce qu'il m'a rendu de grands services.

DEUXIÈME GROUPE.

Coloration de l'acide chlorhydrique.

Pour cette réaction il est indispensable d'avoir un acide pur et incolore.

De la Garance à examiner est introduite dans un verre à expérience ou dans un tube fermé par un bout, et on verse par dessus de l'acide chlorhydrique, le double ou le triple du volume de la poudre employée, on agite de manière à ce que l'acide pénètre dans toute la masse et on laisse reposer. La poudre tombe bientôt au fond du vase, en communiquant à l'acide une coloration jaune ou jaune fortement orangée, tirant plus sur le rouge que sur le jaune.

Si la Garance contient du *bois de Campêche*, du *bois de Sappan*, ou du *Fernambouc*, l'acide chlorhydrique prendra une teinte *fortement orangée* en raison de la *coloration rouge* intense que cet acide prend en présence de ces trois bois colorants.

Si la Garance contient du *Santal* ou du *Quercitron*, l'acide chlorhydrique se colorera en *jaune-orangé beaucoup moins intense* qu'avec les trois autres matières.

Si la Garance est pure, l'acide se colorera simplement en *jaune*.

Avant de passer à l'action de l'acide azotique, je crois nécessaire de dire que, lorsqu'une Garance est falsifiée avec
des substances ocreuses et que ces substances sont en grande proportion, l'acide chlorhydrique mis en rapport avec
une pareille Garance colore cette poudre en noir en se colorant lui-même en jaune-vert, passant au bleu de Prusse
par l'addition du cyanoferrure de potassium (Prussiate
jaune). La même réaction n'a plus lieu lorsqu'on a séparé,
par des décantations successives ou par le lavage sur une
toile métallique très-fine, la partie fine de la poudre d'avec
la Garance proprement dite.

Ce qui reste sur la toile métallique colore l'acide chlorhydrique en jaune, ou accuse du campêche, du sappan
ou du fernambouc, tandis que la partie passée à travers la
toile colore l'acide en jaune-vert, et se colore elle-même en
noirâtre. De plus, on accuse facilement la présence de l'oxyde de fer par l'addition de quelques gouttes d'une dissolution de prussiate jaune.

TROISIÈME GROUPE.

Coloration de l'acide azotique.

Il est indispensable de se servir d'acide nitrique pur incolore.

On opère comme avec l'acide chlorhydrique.

Si la Garance est pure, l'acide se colorera en jaune.

Si elle contient du *santal*, de l'*acajou*, du *quercitron*
ou de l'*écorce de chêne*, l'acide azotique prend une coloration *jaune fortement orangée*, en raison de la couleur
rouge ou *brune* que prend cet acide en présence de ces
substances.

8

Remarque. La coloration orangée brune produite par la Garance à laquelle on a ajouté du Quercitron , n'est pas permanente ; au bout de quelque temps , la coloration jaune donnée par la Garance reprend le dessus.

QUATRIÈME GROUPE.

Action du Cyanure de Potassium.

Le cyanure de potassium produit dans une décoction de Garance falsifiée par du *Sumac* ou par de *l'écorce de Chêne*, un précipité qui est caractéristique pour l'une et pour l'autre , et n'en produit pas dans la décoction de Garance seule ou falsifiée par les autres substances.

On fait donc bouillir la Garance soupçonnée , avec de l'eau distillée. (L'eau du condensateur des machines à vapeur convient parfaitement.) On filtre , et on ajoute à la décoction filtrée , du cyanure de potassium ; il se forme un précipité qui apparaît au bout de quelque temps. (Une heure environ , quelquefois moins , suivant la teneur en matière falsificatrice.) Le précipité est :

ROUGE-ORANGÉ , quand la Garance contient du *Sumac*.

BRUN-ROUGE quant la Garance contient de *l'écorce de Chêne*.

Remarque. Dans la décoction pure de *sumac* et dans celle d'*écorce de chêne*, le précipité apparaît de suite et est *jaune* pour le sumac , *rouge-brun* pour l'écorce de chêne.

Avec la Garance seule, la teinte *vire au rouge* par le cyanure de potassium.

Quand elle contient de *l'acajou* ou du *quercitron*, la liqueur rouge louchit, se trouble seulement.

CINQUIÈME GROUPE.

Différence dans la densité.

Tandis qu'une Garance quelle qu'elle soit *tombe* au fond de l'eau, la poudre du *bois de Santal* et celle de l'*écorce de Pin* *surnagent* ce liquide. D'où un caractère simple pour reconnaître si une Garance a été falsifiée par l'une ou l'autre de ces matières.

Voici comment l'essai peut être fait :

On ferme par un bouchon ou avec le doigt un entonnoir d'un demi-litre ou d'un litre environ. (Un entonnoir à robinet ferait ici parfaitement l'affaire). On le remplit d'eau ordinaire et on projette à la surface la poudre de Garance dont on veut reconnaître la pureté. On agite, et on laisse en repos pendant quelque temps. Toute la Garance tombe au fond et le *Santal* ou l'*écorce de Pin*, s'il y en a, reste à la surface. On débouche alors l'entonnoir au-dessus d'un vase de plus grande capacité, en s'arrangeant de manière à ne faire couler que la partie inférieure, et toute l'eau. La partie supérieure, par l'écoulement lent des dernières parties d'eau, s'attache aux parois de l'entonnoir ; on reporte alors celui-ci au-dessus d'un verre à expérience, et à l'aide d'un filet d'eau, on fait écouler dans ce dernier tout ce qui s'est attaché aux susdites parois.

Le contenu du verre est filtré, et ce qui reste sur le filtre est essayé comme il suit :

On en fait bouillir une petite partie avec un peu d'eau distillée :

1° Si l'eau se colore en brunâtre, et si la décoction filtrée précipite abondamment par la potasse, ne vire pas, ou très-peu par l'ammoniaque, on a affaire à de l'*écorce de Pin*.

2° Si l'eau ne se colore pas ou très-peu (elle peut se colorer par quelques bribes grossières de Garance restées à la surface), on a affaire à du *Santal.*

3° Pour s'en assurer, on fera agir à froid ou à chaud l'*alcool* sur une autre portion du contenu du filtre. Si l'alcool se colore en rouge, c'est du *Santal.*

Si l'alcool ne se colore qu'en jaune-orangé, c'est de l'*écorce de Pin* (1).

4° Pour en être plus sûr encore, on fera digérer une troisième portion de la partie supérieure avec de l'*éther sulfurique* ; celui-ci se colorera en *rouge* avec le *Santal* et ne se colorera pas avec l'*écorce de Pin.*

ANALYSE DES GARANCES.

Réactions Particulières.

Matières minérales. L'examen chimique des cendres laissées par une Garance, leur couleur, fixent déjà le chimiste sur la présence des substances ocreuses introduites dans cette matière colorante.

J'ajouterai ici que l'examen microscopique de la partie pulvérulente obtenue par l'évigation ou par le lavage de la Garance sur une toile métallique très-fine, peut indiquer la qualité de la matière minérale. C'est ainsi que les *sables jaunâtres*, si finement pulvérisés qu'ils soient, se distinguent très-nettement sur le champ obscur du microscope, en apparaissant sous forme de grains ; que la *Brique pilée* peut également être reconnue, quoique cependant d'une manière

(1) Si cette décoction alcoolique donne un *précipité brun-rouge* avec le *Cyanure de Potassium* on a affaire à de l'*Écorce de Pin.* En présence du *Santal* le précipité se produit, et n'a nécessairement pas lieu avec le *Santal* lui-même.

moins nette. Elle apparaît formée de petites plaques les unes blanches, les autres rougeâtres; parmi ces plaques on aperçoit de petits débris irréguliers et brillants, souvent transparents, de cailloux blancs; on aperçoit aussi des parties noires, que la pâte d'une brique la mieux travaillée contient toujours. Il est fort heureux que la pâte d'une brique ne soit pas homogène.

Matières organiques végétales. Nous allons examiner maintenant les réactions particulières que donnent ces matières en présence de la Garance.

Santal. 1° L'éther sulfurique mis en digestion avec de la Garance contenant du Santal, se colore en *rouge-orangé.* La décoction éthérée, filtrée sur du papier blanc colore ce papier en rouge-orangé, tandis que la décoction éthérée jaune de Garance le colore à peine.

Cette réaction est tout à fait *particulière* au Santal. L'éther se colore en *jaune* avec les *Garances*, le *Campêche*, le *Sappan*, le *Fernambouc*, le *Quercitron*, le *Sumac*; se *colorant à peine* avec l'*Acajou*, le *Chêne*, l'*Ecorce de Pin*, les *Coques d'Amandes*, le *Son* et la *Garance épuisée.*

2° Essai de la partie qui surnage l'eau, lorsqu'on y projette de la Garance falsifiée par le *Santal* ou l'*Ecorce de Pin.*

On fait digérer de l'*Alcool* sur cette partie; dans la décoction alcoolique on trempe un papier ferrugineux (fait en imbibant du papier blanc collé d'une dissolution à 2 ou 3 0/0 de sulfate de protoxide de fer, de manière à ce que le papier une fois sec, conserve encore sa teinte blanche). Si la partie surnageante n'est composée que de *Santal*, le papier réactif prendra une *teinte violette.* Si au contraire, il n'y a que de l'*Ecorce de Pin*, le papier se colorera en *gris-noirâtre.*

3° Caractère au microscope. Le Santal introduit dans une Garance se reconnaît parfaitement par ce moyen. Il n'est point comme la Garance, composé de petites plaques

homogènes , mais de petits branchages , de débris irréguliers présentant une couleur *rouge* qui tranche nettement
sur la couleur brune de la Garance , surtout lorsque le
champ du microscope est obscur.

Remarque. On rencontre bien quelquefois dans la Garance
pure , des débris , mais ce sont simplement des parties
d'Alizaris non atteints par la meule , et qui se distinguent
des débris de Santal , en ce qu'ils sont toujours cylindri-
ques. D'ailleurs ils s'aperçoivent très-bien à l'œil nu , ou
en faisant usage d'une simple loupe.

Campêche. Le Campêche introduit dans la Garance peut
se reconnaître par les réactions suivantes :

1° Sur la poudre soupçonnée on verse du sulfate de cuivre , on agite , puis on laisse reposer. Si la Garance contient du Campêche , on verra bientôt des parties colorées
en bleu-violet monter à la surface. La Garance seule ne
donne pas lieu à cette coloration. Le sulfate de cuivre peut
être remplacé par du sulfate de protoxide de fer.

2° Une décoction de Garance contenant du Campêche
prend une coloration violacée par la potasse et les alcalis
en général.

3° Si on filtre sur du papier gris une décoction de Garance contenant du Campêche , le papier à filtrer se colorera en bleu en séchant , tandis que de la Garance seule colorera le papier gris en brun-rouge , coloration propre à la
décoction de Garance pure. Le papier à filtrer gris devient
ici un réactif.

4° Un papier collé , imbibé d'une dissolution légère de
sulfate de cuivre (à 3 0/0) et séché , puis trempé dans une
décoction de Garance falsifiée par du Campêche , se colorera en bleu plus ou moins foncé. Cette coloration bleue unie
à la coloration orangée donnée par le sulfate de cuivre sur
la Garance , produira une teinte violacée caractéristique.

5° De l'Éther mis en digestion avec une Garance contenant du Campêche se colore en jaune, avec la Garance seule également; seulement, si on ajoute à la décoction éthérée jaune une goutte ou deux de sulfate de cuivre, il se forme une coloration violette, puis un précipité de même couleur. Une goutte de ce mélange mise en contact avec du papier à filtrer blanc, colore ce papier en bleu. Cette réaction est très-nette.

6° La solution de Gélatine donne un précipité rouge abondant dans une solution aqueuse et concentrée de Garance contenant du Campêche, et n'en donne pas avec la décoction de Garance pure.

7° Au microscope, les particules de Campêche apparaissent comme le Santal. Une Garance falsifiée par ce bois, placée sur une lame de verre et humectée de sulfate de cuivre, reproduit le phénomène N° 1, seulement il se traduit par des zones colorées en violet venant entourer le Campêche.

SAPPAN (1) ET FERNAMBOUC (2). Ces substances mélangées à la Garance, apparaissent au microscope comme le Santal. Ce sont également des débris, mais qui sont plus pâles que les débris de Santal. Sur la lame de verre et humectée de sulfate de fer, une Garance falsifiée par ces matières donne des zones violettes.

SUMAC. 1° De l'eau de chlore mise en digestion sur de la Garance contenant du Sumac, se colore franchement en *jaune-orangé*, tandis qu'avec la Garance seule, ce réactif ne se colore qu'en jaune.

2° Une Garance pure colore l'éther en *jaune*; lorsqu'elle renferme du Sumac, l'éther se colore en *jaune-verdâtre*.

(1) Le papier garancé par la décoction éthérée de Garance est simplement rosé, et la couleur ne se modifie pas par le sulfate de cuivre.

(2) Mêmes réactions avec le *Fernambouc*.

Un sel de fer au minimum mis en rapport avec cette décoction éthérée, donne une coloration noire (due au Tannin) apparaissant très-nettement lorsqu'on humecte du papier à filtrer blanc de ce mélange éthéré.

3° Le papier ferrugineux (préparé comme il est indiqué au Santal) prend une coloration noirâtre, lorsqu'on le plonge dans une décoction de Garance renfermant du Sumac. La coloration est d'autant plus intense qu'il y a plus de Sumac. Un et deux 0/0 de Sumac sont dévoilés par ce moyen.

4° Lorsqu'on attaque par l'acide azotique une Garance renfermant du Sumac, l'attaque est très-vive et il se forme une grande proportion de mousse; avec la Garance seule ce phénomène n'a pas lieu, ou du moins quand il y a formation de mousse, elle est due à une effervescence des carbonates et cesse d'ailleurs rapidement; tandis que, avec le Sumac, cette mousse persiste pendant très-longtemps.

5° La solution de Gélatine donne un précipité blanchâtre abondant dans la décoction aqueuse et récente de Garance falsifiée par du Sumac (5 0/0 de Sumac au moins) et n'en donne pas avec une décoction de Garance pure.

6° *Microscope*. Au microscope la poudre très-fine de Sumac apparaît composée de plaques beaucoup plus larges et moins régulières que celles de la Garance. De plus, vues sur le fond obscur, elles sont d'un blanc-verdâtre, ce qui les fait immédiatement distinguer lorsqu'elles sont en présence de la Garance. La différence est très-nette. Sur la lame de verre, une Garance falsifiée par le Sumac se colore en bleu sous l'influence du vitriol vert, dans les parties contenant du Sumac.

Acajou. 1° Une décoction de Garance falsifiée par l'*Acajou* et filtrée sur du papier blanc, colore ce papier en *brun-rouge*. La Garance seule colore le papier à filtrer en *rosé*.

A moins qu'on ait ajouté à la Garance du Campêche ou

du Sumac conjointement à l'Acajou, cette coloration brune est caractéristique. Il faudrait avant d'essayer ce moyen, s'assurer de la présence ou de l'absence de ces deux matières.

Toutes les autres substances falsificatrices colorent peu ou pas le papier à filtrer blanc.

2° Une décoction de Garance contenant de l'Acajou louchit au bout de quelque temps par l'addition du cyanure de potassium.

3° Au microscope, l'Acajou en poudre très-fine, apparaît sur le champ obscur, composé de larges plaques, les unes blanches, les autres blanches bordées de brun, ou encore blanches légèrement rougeâtres. Elles tranchent nettement sur le ton de la Garance.

Quercitron. Au microscope (champ obscur) ce corps ne se distingue de la Garance que par ses plaques plus larges et plus pâles. En présence du sulfate de fer et d'un excès de Garance, le Quercitron se colore en bleu en formant des aréoles bleuâtres.

2° Le papier ferrugineux indiqué ci-dessus se colore en *gris-vert sale*, lorsqu'on le trempe dans une décoction de Garance falsifiée par du Quercitron. Par ce procédé j'ai pu reconnaître 2 0/0 de Quercitron.

3° En présence de l'éther, le Quercitron reproduit à peu près le même phénomène qu'au Sumac (N° 2).

4° La décoction aqueuse de Garance falsifiée par du Quercitron donnera un précipité floconneux rougeâtre avec la solution de gélatine; la décoction de Garance pure n'en donne pas.

Écorce de Pin. Au microscope, l'Écorce de Pin présente la même apparence que la Garance; seulement mise en présence du sulfate de fer sur une lame de verre, on voit bientôt au milieu de la Garance se former des points bleus-noirs, puis quelques aréoles.

9

L'Écorce de Pin pourra être reconnue par le procédé suivant :

On broiera la Garance avec du sulfate de fer effleuri (le 1/4 de son poids) et on délayera le tout avec de l'eau. La précipitation lente de la poudre sera déjà un indice de la présence de l'Écorce de Pin. Cet indice deviendra une certitude si, la liqueur surnageant, la poudre devient noirâtre. (5 0/0 d'écorce peuvent être ainsi reconnues, 25 0/0 rendent la liqueur entièrement noire). Si l'on ajoute alors quelques gouttes d'acide azotique, il se forme sur le liquide une couche noire.

Avec une Garance pure, la liqueur reste colorée en rouge-jaunâtre, et ne change pas par l'addition de l'acide azotique.

L'Écorce de Pin est encore parfaitement reconnue par les moyens indiqués d'une part au 5ᵐᵉ Groupe, de l'autre à l'article Santal.

Écorce de Chêne. Au microscope, même apparence que la Garance. En présence du sulfate de fer, la coloration bleue est beaucoup plus complète qu'avec l'écorce de pin. Pour la réaction il faut le champ du microscope pleinement éclairé. Cette coloration a lieu en présence de la Garance, comme les autres d'ailleurs.

2° La décoction éthérée donne lieu aux mêmes phénomènes que le Sumac (N° 2) lorsqu'on la soumet à l'action du sulfate de protoxide de fer.

Coques d'Amandes. Mélangées intimement à la Garance, elles s'en distinguent au microscope et par la couleur jaune qu'elles possèdent, et par l'aspect de masses informes qu'elles présentent.

Placées entre deux lames de verre, en présence de l'acide chlorhydrique, les Coques d'Amandes se colorent en bleu en donnant lieu à des zones, à des anneaux colorés en bleu-noir foncé. Cette réaction est due à la coloration que prend l'amandine et en général les produits albumineux sous l'influence de l'acide chlorhydrique.

Cette coloration de l'amandine devient donc un caractère distinctif et particulier pour distinguer si une Garance a été falsifiée par de la poudre de coques d'amandes, l'acide chlorhydrique comme je l'ai fait voir, ne se colorant qu'en jaune en présence de la Garance seule. La réaction est très-nette : l'acide qui touche les coques d'amandes, se colore en bleu, tandis que les parties voisines qui sont de la Garance sans mélange colorent ce même acide en *jaune*. Il se produit des *zones vertes* lorsque le mélange des deux matières est intimement fait ; malgré cela, il y a toujours formation de zones bleues.

Pour que la réaction se voie nettement, il faut que le champ du microscope soit complètement éclairé.

Son des farines. 1° Tandis qu'une Garance se brûle avec assez de facilité et de rapidité, une Garance falsifiée avec du *Son* est très-difficile à incinérer : les points noirs sont très-longtemps persistants. Si l'incinération est faite sur une lame de platine, puis qu'on active la combustion par un chalumeau, les points noirs fondront et feront tache sur le platine.

Les cendres de coques d'amandes fondent également sur le platine.

2° On laisse macérer pendant quelques minutes de la Garance falsifiée avec de l'acide azotique ou chlorhydrique concentré, on étend d'eau, puis on ajoute quelques gouttes de teinture d'iode ou d'eau iodée ; si la Garance contient du Son, la masse se colorera bientôt en *vert*, coloration due au mélange d'iodure bleu d'amidon avec la teinte jaune communiquée à l'acide par la Garance.

3° Vue au microscope une Garance renfermant du Son,

laisse voir ce Son sous forme de masses neigeuses. De plus, placée sur une lame de verre et mise en rapport avec de l'iode (teinture ou eau iodée), une pareille Garance se colore en bleu avec formation de zones également bleues. Cette réaction est très-nette au microscope surtout lorsque le champ est éclairé.

Garance épuisée par la teinture. On ne se contente pas d'introduire dans les Garances les substances signalées ci-dessus, on falsifie encore cette précieuse matière avec de la Garance déjà épuisée par la teinture. Cette indigne frau-de est pour moi l'apogée de l'art de tromper.

Je ne crois pas qu'il y ait une autre méthode que celle de l'analyse par différence pour reconnaître une pareille fraude, aucun réactif, aucune réaction ne pouvant déceler la présence de la Garance épuisée.

Donc, après s'être assuré par les réactions générales et particulières précédemment indiquées, de l'absence de *tous les autres corps minéraux ou organiques* destinés à falsi-fier la Garance ; après s'être assuré de plus, par un essai préalable que cette Garance laisse un résidu *gris*, (1) (et non brun ou rouge), après épuisement *complet* de la matiè-re colorante ; on en pèsera une certaine quantité séchée à 100° et avec le plus de soins possibles on épuisera complé-tement par l'*eau bouillante*, l'*éther* et l'*alcool bouillants toute* la matière colorante, et cela, jusqu'à ce que le résidu soit *gris*. On fera sécher le résidu de 100°, à 110°, puis on le pèsera.

Le poids obtenu comparé au résidu laissé par une Garan-ce normale donnera la quantité de Garance épuisée qui aura été introduite.

(1) Le résidu de l'épuisement complet des bois de Brésil, Sappan, Fer-nambouc est noirâtre.

Tous les procédés généraux et particuliers qui viennent d'être décrits s'appliquent entièrement au produit qu'on appelle dans le commerce, *Fleur de Garance*. Cette matière, qu'à son titre on prendrait pour la quintessence de la Garance, n'est autre chose que de la Garance lavée à l'eau et fortement exprimée, c'est-à-dire privée d'une partie de la matière brune et débarrassée du dérivé pectique qu'elle contient et qui entrave les opérations tinctoriales.

Résumé des Réactions Générales.

Examen des Cendres.

Cendres Rougeâtres avec :	Cendres Rouges avec	Présence du Manganèse dans :	Coloration de l'Acide chlorhydrique, avec :	Coloration de l'Acide Azotique en rouge-orangé avec :	Action du Cyanure de Potassium.	Différence de Densité.
Écorce de Chêne.	Ocre rouge.	Écorce de Chêne.	Campêche.	Santal.	Sumac (rouge-orangé)	Écorce de Pin.
Quercitron.	Ocre jaune.	Quercitron.	Sappan.	Acajou.	Écorce de Chêne.	Santal.
	Argiles jaunâtres.	Sappan.	Fernambouc.	Quercitron.	(Brun-rouge.)	
	Sables jaunâtres.	Fernambouc.		Écorce de Chêne.		
	Brique pilée.	Coques d'Amandes.				

Principales Réactions Particulières.

Caractère Microscopique seul.	Caract. Microscop. et Sulfate de fer.	Sulfate de fer (Papier Réactif).	Sulfate de Cuivre et Éther.	Coloration de l'Alcool.	Éther seul.	Sulfate de Cuivre.	Acide chlorhydrique.	Iode.
Santal.	Campêche.	Sumac.	Campêche (bleu).	Écorce de Pin.	Santal.	Campêche.	Coques d'amandes	Son.
Campêche.	Sappan.	Quercitron.	Sappan (rose).	Santal.				
Sappan.	Fernambouc.	Écorce de Chêne.	Fernambouc (rose).					
Fernambouc.	Quercitron.							
Sumac.	Écorce de Pin.							
Acajou.	Écorce de Chêne.							

DEUXIÈME PARTIE.

DÉRIVÉS DE LA GARANCE.

Les dérivés industriels de la Garance sont : l'Alizarine, la Colorine, la Garancine, le Garanceux, et les Laques de Garance.

Alizarine.

Cette matière est, comme on le sait, la substance colorante rouge que MM. Robiquet et Colin ont isolée de la Garance en traitant cette racine par l'acide sulfurique concentré qui carbonise les matières organiques sans toucher à l'alizarine, puis lavant à l'eau le charbon sulfurique obtenu, le traitant ensuite par l'alcool froid qui dissout les corps gras, puis enfin par l'alcool bouillant qui dissout l'alizarine et la laisse cristalliser en longues aiguilles jaunes par le refroidissement. On peut obtenir de suite l'alizarine en soumettant à la distillation sèche le charbon sulfurique lavé et séché, l'alizarine se sublime en belles aiguilles brillantes rappelant par leur couleur le plomb chromaté natif.

Propriétés. L'alizarine est inodore, insipide, complétement neutre. Elle est peu soluble dans l'eau bouillante, beaucoup moins dans l'eau froide. Sa dissolution aqueuse est rosée. Elle se dissout dans l'*éther* qu'elle colore en *jaune d'or*.

Mise en rapport avec la potasse, l'ammoniaque ou les carbonates alcalins, l'alizarine se colore en *pensée*.

Son caractère principal est de se sublimer sans laisser de résidu.

En raison du prix élevé de l'alizarine cristallisée, il serait possible que dans ce produit on introduisît des cristaux de *Brésiline* (matière colorante des bois de Brésil : Sappan , Fernambouc, etc.) de *Quercitrine* ou de *Lutéoline* (matière colorante de la Gaude) mais surtout de la Brésiline.

Pour reconnaître la fraude , on chauffera sur une lame de platine un peu d'alizarine , elle doit se volatiliser complétement ; s'il reste un résidu charbonneux on est certain que cette substance n'est pas pure et doit alors contenir l'une ou l'autre des matières ci-dessus indiquées.

Brésiline. — Si la potasse et en général les alcalis colorent en *pourpre violet* l'alizarine ; au lieu de la colorer en *pensée* , c'est qu'à cette substance on aura ajouté de la Brésiline.

De plus la dissolution éthérée doit reproduire la réaction avec le sulfate de cuivre, indiquée au Sappan et au Fernambouc (1re Partie).

L'alizarine est peu soluble dans l'eau, la brésiline l'est au contraire beaucoup ; la dissolution est d'abord jaune , puis devient rouge , enfin par l'ébullition elle devient très-rapidement rouge-cramoisi ; si on pousse l'évaporation plus haut , il finit par se déposer des aiguilles satinées d'un rouge vif qui sont de la Brésiléine (Brésiline oxydée).

On obtient immédiatement cette teinte cramoisie par l'addition dans la liqueur jaune, aqueuse ou éthérée primitive de quelques gouttes d'une dissolution d'acide chromique ou de bi-chromate de potasse.

Quercitrine. — Si l'alizarine placée sur la langue laisse un goût d'amertume ; si de plus le *perchlorure de fer* colore en *vert* foncé la dissolution aqueuse ou éthérée ; si , enfin les *alcalis* colorent l'alizarine en *vert* , passant au *jaune-orangé* , au lieu de la colorer en *pensée* , on peut être à peu près certain de la présence de la Quercitrine.

La réaction du perchlorure de fer est caractéristique.

Lutéoline. — Les cristaux de lutéoline mélangés à ceux d'alizarine (surtout à ceux obtenus par voie humide) peuvent se reconnaître par les moyens suivants :

On fera bouillir avec de l'eau distillée un peu d'alizarine, puis on plongera dans la dissolution aqueuse filtrée un papier de tournesol bleu ; s'il devient rouge (après lavage du papier à l'eau distillée), il y a de la Lutéoline dont la réaction est acide.

Si la dissolution aqueuse, alcoolique ou éthérée se colore en roux par l'addition des alcalis et l'influence de l'oxygène de l'air, l'alizarine renferme de la Lutéoline.

Colorine.

Cette substance appelée aussi extrait alcoolique du charbon sulfurique de Robiquet et Colin, s'obtient en épuisant par l'alcool bouillant le charbon sulfurique ; on distille les teintures alcooliques et l'extrait obtenu est délayé avec un peu d'eau, puis soumis à la presse. Le produit résultant de cette opération est séché, puis réduit en poudre fine. C'est cette poudre, de couleur jaune d'ocre, tachant fortement les doigts en jaune, qui a reçu le nom de Colorine.

Soumise à la distillation sèche, la Colorine donne des vapeurs d'alizarine qui se subliment bientôt en aiguilles orangé-vif. La colorine laisse peu de résidu après incinération : c'est de l'alizarine pure, contenant encore un peu de matières grasses.

Comme cette substance est sous forme de poudre amorphe jaune, elle doit être beaucoup plus facile à falsifier que l'alizarine cristallisée.

Fraude minérale. — Ocres. Jaune minéral. — Comme fraude minérale, on peut y introduire de l'ocre jaune, des terres argileuses ou des sables jaunes (1) ; on comprend que

(1) Du jaune minéral (oxychlorure de plomb qu'on reconnaîtra au chalumeau en examinant les cendres, lesquelles devront donner un culot de plomb, ou bien ces cendres attaquées par l'acide azotique donneront une liqueur précipitable en *noir* par l'acide sulfhydrique).

10

dans ce cas l'incinération et l'examen des cendres font connaître de suite cette sophistication.

Comme matières organiques on pourrait introduire dans la Colorine des extraits de Bois jaune, de Gaude, de Curcuma, de Quercitron, de Fustet, voire même du Jaune Indien et de la Gomme-Gutte.

Bois jaune. — On fera digérer la colorine avec de l'eau distillée. Si ce liquide se colore en *jaune* et *brun-olivâtre* par l'action du *perchlorure de fer* avec formation de précipité noir-olive, et si le sulfate de cuivre y détermine un précipité vert foncé, on aura introduit de l'extrait de bois jaune dans la Colorine.

D'ailleurs une Colorine ainsi falsifiée, exposée pendant un certain temps à l'air, finit par brunir, ce qui n'arrive pas avec une substance pure.

Gaude. — En faisant bouillir avec un peu d'eau de la Colorine falsifiée par l'extrait de Gaude, on obtiendra par la filtration une liqueur jaune donnant une réaction acide au papier de tournesol ou de curcuma, et qui par le refroidissement laissera déposée des flocons bruns olivâtres. (Voir plus haut les réactions de la Lutéoline).

Curcuma. — Un caractère très-net qui permettra de reconnaître la falsification de la colorine par l'extrait ou la poudre de Curcuma est le suivant :

La *Curcumine* est soluble dans l'eau, la Colorine ne l'est pas. On fera donc bouillir la Colorine soupçonnée avec de l'eau, on filtrera ; la liqueur jaune devra virer au rouge par les alcalis, et être ramenée au jaune par les acides s'il y a du curcuma.

Fustet. — La colorine est très-peu soluble dans l'eau, la matière colorante ou l'extrait de Fustet l'est beaucoup plus et colore ce véhicule en jaune-verdâtre. Cette décoction vire au pourpre par la potasse, la soude, l'ammoniaque, l'eau de baryte, et l'eau de chaux sans donner lieu à aucun précipité. Cette réaction distingue le *fustet* du *quercitron* et du *bois jaune*, dont la solution aqueuse du premier donne un abondant précipité floconneux jaune-roux, avec de l'eau de baryte, de strontiane et de chaux ; tandis que la solution aqueuse du second ne se trouble pas dans les mêmes circonstances.

QUERCITRON. — Mêmes caractères que ceux indiqués à l'alizarine. Voir aussi la coloration de l'acide azotique et la présence du manganèse (1er et 3me groupe) ainsi que le caractère microscopique *quercitron* (première partie).

JAUNE INDIEN. — Soluble dans l'eau. Si à la solution aqueuse et concentrée on ajoute de l'acide chlorhydrique, il se forme un précipité cristallin d'*acide euxanthique*, ayant pour caractère principal de se colorer en jaune foncé par les alcalis.

GOMME-GUTTE. — Pour découvrir cette substance dans la colorine, on ferait digérer cette dernière avec de l'ammoniaque qui a la propriété de dissoudre la Gomme-gutte. Cette dissolution ammoniacale précipite en *rouge* par le chlorure de baryum ou l'azotate de baryte, en *jaune* par le sulfate de zinc, en *jaune-rougeâtre* par l'acétate de plomb et en *brun-jaunâtre* par l'azotate d'argent.

Garancine et Garanceux.

La *Garancine* est simplement le charbon sulfurique de Robiquet et Colin, auquel on a enlevé les dernières traces d'acide par des lavages nombreux ; après quoi, on soumet le résidu ainsi lavé à la presse, on le fait sécher et on le passe au tamis. La poudre de couleur chocolat plus ou moins claire que l'on obtient ainsi est la Garancine.

Le *Garanceux* est une Garancine fabriquée avec les résidus des Garances ayant déjà servi en teinture. Ce produit a

une valeur tinctoriale beaucoup moindre que la bonne Garancine d'Avignon.

Comme la Garance, la Garancine donne des cendres grises ne contenant pas de manganèse.

Les acides chlorhydrique et azotique se colorent en jaune. Comme on le voit, les caractères sont identiques, aussi
les falsifications des Garancines qui doivent être les mêmes
se reconnaîtront-elles par les mêmes procédés généraux et
particuliers que ceux indiqués pour la Garance.

Les caractères microscopiques seront même plus tran-
chés pour certaines substances comme l'*acajou*, le *quercitron*, l'*écorce de pin* et l'*écorce de chêne*, la Garancine n'étant
pas composée comme la Garance de petites plaques régulières, mais de particules amorphes.

Le Garanceux présente les mêmes caractères que la Garancine, seulement je n'ai pu trouver de moyens bien caractéristiques pour pouvoir distinguer du Garanceux dans une
Garancine de bonne qualité.

Laques de Garance.

Autrefois les Laques roses et rouges fabriquées avec la
Garance, n'étaient employées qu'en peinture, mais maintenant que la teinture et l'impression sur étoffes en absorbent
des quantités considérables, on fabrique des laques non
seulement roses, mais à peu près de toutes les couleurs et
de tous les tons, et on les applique directement sur les tissus, soit par la vapeur, soit par d'autres moyens.

Les Laques de Garance suivant leur couleur et leur teinte
sont falsifiées, lorsqu'elles sont *rouges* ou *roses*, par les laques provenant des bois de Brésil; les *laques carminées*, lorsqu'elles sont *violettes*, par des laques d'Orcanette, de Campêche, par le bleu de Prusse; lorsqu'elles sont *noires*, par
les laques noires de Campêche, de Cochenille, de Sumac,
de Noix de Galle, etc.

Laques rouges et roses.

Ces laques ne colorent ni l'eau froide, ni l'eau bouillante. Elles ne colorent l'éther qu'au bout d'un certain temps et encore très-faiblement ; l'alcool froid et bouillant non plus. Incinérées, elles doivent laisser un résidu blanc d'alumine.

Santaline. Si la laque est foncée, elle peut contenir de la Santaline qui se reconnaîtra par la coloration *rouge-orangée* que prendra l'éther mis en digestion avec la laque soupçonnée. L'alcool dans les mêmes circonstances se colorerait en rouge.

Si la laque est dans les tons du rose, elle pourra être falsifiée par des laques de bois de Brésil ou de la Cochenille. Mais comme les laques de Garance et en général toutes les laques sont insolubles dans l'eau, l'éther et l'alcool, il faut d'abord isoler leur matière colorante, et pour arriver à ce but, voici le moyen que je propose :

Séparation de la matière colorante. Toute laque à base d'alumine se dissout dans l'acide chlorhydrique ou dans l'acide acétique auquel on a ajouté quelques gouttes du premier, ou bien dans le protochlorure d'étain en dissolution. La laque dissoute, on introduira de l'éther, et on agitera. Toute la matière colorante entrera en dissolution dans l'éther qui sera coloré différemment suivant les laques étrangères introduites.

Laques de bois de Brésil. — 1er procédé. Supposons qu'une laque de Garance soit falsifiée par des laques de Fernambouc, de Sappan, de bois de Brésil, en un mot. On opérera comme il est indiqué ci-dessus pour rendre la matière colorante soluble dans l'éther. Pour le cas qui nous occupe, l'éther se colorera en jaune d'or, et s'il y a du bois de Brésil, on pourra reproduire la même réaction que celle indiquée dans la première partie au Sappan et au Fernambouc.

LAQUE EN BOULE DE VENISE. — 2ᵐᵉ PROCÉDÉ. Une laque de Garance dans laquelle on aura ajouté de la laque en boule de Venise (une des plus belles laques de bois de Brésil) dégagera de l'ammoniaque si on vient à la chauffer dans un tube fermé par un bout en présence d'un peu d'une solution de potasse ; une laque de Garance pure ne dégage pas d'ammoniaque dans la même circonstance.

LAQUE DE BRÉSIL. — 3ᵐᵉ PROCÉDÉ. Une laque de Garance falsifiée par les laques de Bois de Brésil se reconnaîtra en général, en ce qu'elle fera effervescence par les acides, et bleuira par l'iode, réactions indiquant d'une part la présence de la craie, de l'autre celle de l'amidon, corps qui servent à épaissir les laques faites avec le Bois de Brésil.

LAQUE CARMINÉE. Les laques de Garance peuvent aussi être falsifiées par les laques dites carminées. On n'emploie pour cette fraude que des laques carminées de qualité inférieure. Cette falsification se reconnaît aisément.

L'eau *ne-se colore pas* avec la laque de Garance, *elle se colore* au contraire avec la laque carminée ; la coloration est immédiate et devient plus intense par la chaleur. Cette dissolution aqueuse de laque carminée vire au *violet* par les alcalis, et donne un précipité *violet* avec l'eau de chaux, le chlorure d'étain, le sulfate de cuivre, l'acétate de plomb, le sulfate de zinc.

Tout ce qui vient d'être dit sur les laques rouges et roses peut s'appliquer à un produit connu dans le commerce sous le nom de *Carmin de Garance*.

Laques violettes.

Les laques de Garance violettes pures, laissent par l'incinération une cendre d'oxyde de fer, laquelle traitée par l'acide chlorhydrique donne une dissolution jaune qui précipitera abondamment en bleu de Prusse par l'addition du cyanoferrure de potassium.

Ces laques additionnées d'acide chlorhydrique virent au *jaune-orangé* sale.

LAQUES DE CAMPÊCHE. 1° Si elles sont falsifiées par des laques de campêche, elles vireront au *rouge-cramoisi*, l'incinération donnera une cendre nankin ou blanche suivant qu'on aura introduit du campêche, ou qu'on aura remplacé complétement une laque de Garance par celle de campêche.

2° Après avoir extrait d'une laque falsifiée la matière colorante, on agitera avec de l'éther qui prendra une teinte jaune d'or. Cette décoction éthérée, s'il y a du campêche, reproduira la même réaction que celle indiquée au campêche (1e partie).

ORCANETTE. 1° Les laques violettes de Garance falsifiées par les laques d'orcanette se reconnaissent aisément. On fait dissoudre la laque dans *l'acide acétique*, puis on agite avec du *sulfure de carbone* qui se colore en rouge violeté intense s'il y a de l'orcanette. Cette réaction est tout-à-fait particulière à cette matière.

2° Une laque de Garance falsifiée par cette substance dégage des vapeurs violettes quand on vient à la chauffer ; de plus une pareille laque se colore en bleu par les alcalis et la baryte, la chaux, etc.

3° Après avoir dissout la laque falsifiée dans l'acide acétique, on en extrait la matière colorante par l'agitation avec de l'éther, on fait évaporer cet éther et le résidu est repris par de l'alcool dans lequel se dissout la matière colorante de l'orcanette. Cette dissolution alcoolique donne un précipité bleu magnifique avec le sous-acétate et l'acétate de plomb, si elle contient de l'anchusine.

ORSEILLE. — La laque d'orseille se dissout dans l'acide chlorhydrique qui se colore en rouge, l'éther agité avec

cette dissolution ne dissout pas la moindre trace de matière colorante. Même réaction avec le sulfure de carbone.

BLEU DE PRUSSE. — Le *Bleu de Prusse* ajouté à une laque
de Garance violette dans le but d'augmenter artificiellement
la teinte peut se reconnaître à ce que l'acide chlorhydrique
fera virer le ton violet de la laque, au vert, tandis que
les hypochlorites et surtout l'acide hypochloreux feront
virer le violet au bleu.

Laques noires.

Ces laques donnent à l'incinération une cendre d'oxyde
de fer. L'acide chlorhydrique les fait virer peu à peu à l'o-
rangé-sale. Par le proto-chlorure d'étain elles virent au
rouille-brun, mais sans colorer le papier blanc en ponceau.

CHARBON DE BOIS ET NOIR DE FUMÉE. Ces laques sont d'un
beau noir ; on peut y introduire du charbon de bois finement pulvérisé, et surtout des noirs de fumée. Cette fraude se reconnaîtra en faisant bouillir la laque avec de l'acide
chlorhydrique qui dissoudra la laque et laissera comme
résidu le charbon ou le noir de fumée introduits.

LAQUES NOIRES DE CAMPÊCHE. On pourrait confondre les
laques de Garance noires avec celles de campêche ; dans
ce cas, on verra que cette dernière rougira fortement par
l'acide chlorhydrique et par le protochlorhure d'étain, et
que les parties rougies tacheront le papier blanc en rouge-
cerise dans le premier cas, et en rouge plus ou moins
violacé dans le second.

LAQUE A BASE DE COCHENILLE. Pour reconnaître une laque
noire à base de Garance d'avec une laque noire à base de
cochenille, on ajoutera du chlorure d'étain qui fera virer
la laque au rouge-cerise et colorera le papier, dernière
réaction qui n'a pas lieu avec la laque de Garance.

LAQUE NOIRE AU SUMAC, ETC. Tandis qu'une laque noire de Garance est d'un beau noir, les laques faites avec la Noix de Galle, avec le Sumac et les autres matières astringentes sont d'un noir olivâtre; je ne crois pas qu'on puisse introduire ces dernières dans la première, le ton olivâtre primerait de trop, en raison même de la quantité assez considérable que le fabricant serait obligé d'ajouter pour avoir un gain raisonnable.

Tel est le résultat de mes recherches sur les falsifications de la Garance et de ses dérivés, recherches que je soumets à l'appréciation des hommes éclairés qui composent le Jury du présent concours.

Je regrette seulement que le temps dont j'ai pu disposer pour le consacrer à cette étude et le haut prix des matières premières, joint à la difficulté de se les procurer, ne m'aient pas permis d'offrir au Jury Vauclusien un travail plus complet et plus digne des graves intérêts qu'il avait mission de sauvegarder.

11

TABLE DES MATIÈRES

DU MÉMOIRE N° 6.

—·••◊•◊◊ ◊••◊◊—

MÉMOIRE N° 1.

> Je n'ai pas la prétention d'innover , mais
> seulement d'indiquer et de décrire un
> procédé qui découle des théories chimiques.
>
> L'Auteur.

MÉMOIRE

SUR LES

ALTÉRATIONS FRAUDULEUSES

DE LA GARANCE

ET DE SES DÉRIVÉS,

PAR

M. D. FABRE Jne

DE MONTEUX (VAUCLUSE),

PHARMACIEN-CHIMISTE A ARLES, EX-DIRECTEUR DE FABRIQUES
DE GARANCINE EN FRANCE ET EN ESPAGNE.

———

La Garance, cette précieuse racine tinctoriale, était à peine naturalisée parmi nous, qu'elle devenait l'objet d'une branche importante de notre industrie nationale. Sa rareté, son utilité, et l'intérêt qui se rattache à son étude scientifique et industrielle, captivaient bientôt l'esprit des botanistes, des chimistes et des physiologistes. Aussi, de nombreux travaux ont été publiés sur cette substance colorante ; beaucoup de savants distingués ont porté leur attention sur elle. Il me suffira de citer MM. Berthollet, Liebig, Berzélius, Braconnet, Dambourney, Decandolle, Robiquet, Colin, Chevreul, Decaisne, Girardin, Raspail, Runge, Gaultier de Claubry, Persoz, Schlumberger, Kœchlin, Kuhlmann, Schunk et Schumann.

Cette plante modeste méritait bien d'entrer pour une aussi large part dans les préoccupations des savants, car n'est-elle point la source de la fortune d'un grand nombre d'industriels et d'agriculteurs ? N'est-ce pas à elle que doit son aisance et son activité le riche et riant département de Vaucluse ? N'est-ce pas à elle qu'est due la grande extension qu'a prise depuis trente ans l'industrie des toiles peintes ?

Mais son prix élevé, sa grande consommation, et la forme de poudre sous laquelle elle a dû être livrée aux teinturiers et aux indienneurs, en ont fait bientôt la proie malheureuse d'avides spéculateurs. Des substances minérales très-pesantes et pour ainsi dire sans prix, telles que la brique pilée, l'ocre rouge ou jaune, le sable ou l'argile jaunâtres, etc., ont d'abord été introduites dans la poudre de Garance. Une fraude aussi grossière n'ayant pas tardé à être reconnue, on a remplacé ces poudres inertes par des poudres végétales également à bas prix, d'une couleur et d'une densité presque identiques à celles de la Garance : le bois de Campêche, le bois de Santal rouge, les diverses variétés de bois du Brésil, (Fernambouc, Lima, Sappan), le bois de Fustet, le bois de Cuba, les écorces de Chêne, de Quercitron, de Grenadier, de Pin, de Châtaignier, (1) etc., sont de ce nombre. Ces substances tinctoriales exercent une influence d'autant plus désastreuse,

(1) L'écorce du Châtaignier contient deux fois plus de tan que celle du Chêne ; ce qui, avec son bas prix, explique le grand emploi de l'extrait de Châtaignier dans la fabrication de la Garancine.

qu'elles s'opposent à une bonne teinture, parce que leur fi-
bre ligneuse se combine avec la matière colorante de la Garance et qu'elles font agir sur les mordants dont sont im-
prégnés les tissus une quantité quelquefois considérable
d'une matière colorante de peu de valeur, au détriment
de celle de la Garance , dont la vivacité des couleurs est
aussi très-sensiblement altérée par celle de ces bois tinctoriaux. En outre, leur introduction dans la Garance n'a
pu , jusqu'aujourd'hui être reconnue facilement , les
moyens employés pour constater la présence des substances
minérales ne leur étant nullement applicables.

Depuis quelques années , et tandis que les falsificateurs
continuent audacieusement l'exploitation d'un champ si
fertile , les savants paraissent avoir interrompu leur œuvre
devant un point capital d'observation : c'est qu'il s'agit
maintenant d'une question plutôt pratique que théorique,
et dont la solution dépend bien plus des praticiens ou des
industriels que des savants de laboratoire ou de cabinet.

L'altération frauduleuse de la Garance et des produits
qui en dérivent (Fleur de Garance, Garanceux et Garancine)
ne peut être pratiquée que par les Fabricants de ces produits, et elle l'est surtout par le plus grand nombre des
Fabricants dits à façon, qui triturent ou confectionnent pour
le compte des Négociants sans usines ou auxquels leurs
usines ne peuvent suffire. Mon assertion à cet égard s'ap-
puie sur le vœu émis par la Chambre de Commerce d'Avignon , dans sa délibération du 20 décembre 1858, de
décerner un Prix à l'Auteur d'un procédé propre à reconnaître , dans la Garance et ses dérivés, toute altération
ou mélange ayant un caractère frauduleux. Or , les hono-
rables Membres de cette Chambre de Commerce sont tous,
sans exception, fabricants de Garance ou Garancine , négociants riches, industriels intelligents. Puisque la fraude

12

leur est préjudiciable et qu'ils veulent la combattre, il est évident qu'elle ne se pratique pas dans leurs usines. Placés eux-mêmes, presque aussi bien que les consommateurs de ces produits tinctoriaux, dans l'impossibilité de pénétrer les secrets d'une fraude si habilement combinée, et voulant l'arrêter dans ses progrès rapides, ils ont vainement, les uns et les autres, cherché un moyen dans les ouvrages des Chimistes qui ont traité spécialement cette question.

En effet, si on consulte les différents Auteurs qui se sont occupés de la Garance, soit au point de vue scientifique, soit sous le rapport commercial et manufacturier, on voit qu'ils ont signalé tout ce qui est relatif à l'histoire, la culture, la composition et l'emploi de cette rubiacée, ainsi qu'aux fraudes et abus introduits dans l'industrie à laquelle elle a donné naissance; mais qu'ils n'ont indiqué aucun procédé facile et sûr pour reconnaître et constater la plus nuisible de toutes les fraudes qui s'insinuent si adroitement dans les manipulations auxquelles elle donne lieu.

Voici, à cet égard, ce qu'on lit dans la *Technologie de la Garance*, de M. J. Girardin, 1844; page 23 : « En raison du prix élevé de la Garance, et surtout de la facilité d'introduire dans cette substance, qui se vend sous forme de poudre, des matières étrangères pulvérulentes que l'œil le plus exercé ne pourrait reconnaître, cette racine est l'objet d'une foule de fraudes qu'on ne saurait mettre trop de soins à signaler. Ces fraudes sont de deux sortes : tantôt on incorpore à la poudre de Garance des substances terreuses ou minérales; tantôt on y ajoute des substances végétales dont la couleur se rapproche de celle de cette racine, ou au moins ne peut modifier sensiblement celle de cette dernière. On conçoit que les moyens à employer pour constater la présence des unes et des autres doivent différer en raison de leur nature si diverse. »

Après avoir indiqué les substances minérales qu'on introduit frauduleusement dans les Garances, et les moyens de
reconnaître ce genre d'adultération, M. Girardin passe à la
sophistication par les substances végétales. « Malheureuse-
« ment, dit-il, les moyens qu'on peut employer pour
« reconnaître ce nouveau genre de fraude ne sont ni aussi
« rigoureux, ni aussi simples que le procédé qui sert à
« déterminer la présence des matières minérales. Il est
« extrêmement difficile de constater par quelle sorte de
« substance végétale une Garance est fraudée; on ne peut,
« le plus souvent, que reconnaître qu'il y a mélange. Au
« surplus, c'est là le point le plus important, et le prati-
« cien, après tout, n'a besoin que de savoir la valeur
« tinctoriale de la Garance qu'il achète. »

M. Chevallier, dans son *Dictionnaire des falsifications*,
dit, à l'article Garance, après avoir indiqué le même procédé que M. Girardin pour reconnaître la fraude par les
substances minérales : « La fraude de la Garance par les
« substances organiques, plus préjudiciable au teinturier
« que la première, est très-difficile à reconnaître, du moins
« quant à la nature des substances qui ont servi à falsifier.
« Le plus souvent on ne peut que reconnaître qu'il y a
« mélange : aussi, faut-il toujours déterminer la valeur
« tinctoriale de la Garance. »

Je dois citer aussi le passage principal d'un article sur la
Sophistication de la Garance, de M. le Professeur Schumann, d'Essingen, extrait du journal *le Technologiste* :
« Ces falsifications (par les substances végétales), les plus
« nuisibles, et sans aucun doute, les plus communes,
« sont difficiles à découvrir; ce qu'il y a de mieux à
« faire, c'est d'essayer une opération de teinture; mais ce
« moyen ne fait pas connaître la substance avec laquelle on
« a falsifié, pas plus que l'analyse chimique, et il n'y a

« que quelques cas rares où l'emploi du microscope per-
« met d'obtenir quelques indices, lorsque la substance n'a
« pas été amenée à un état trop fin de pulvérisation. En
« général, on est réduit à dire : cette Garance teint moins
« bien et a moins d'éclat qu'elle ne devrait le faire. »

Ainsi qu'on en est convaincu après la lecture de l'opinion
de Chimistes aussi compétents dans cette question, l'altération frauduleuse de la Garance, quoique bornée à quelques drogues simples lorsqu'elle commença à être mise en
usage, n'était pas moins très-difficile à reconnaître qualitativement. Il y avait bien là de quoi stimuler vivement l'ardeur des fraudeurs patentés. On était arrivé pourtant, il y
a quelques années, disait-on, à Rouen et à Mulhouse, à
reconnaître assez facilement les mélanges trop grossière-
ment faits des bois de Campêche, de Brésil, des Écorces
de Chêne, de Grenadier, avec la Garance. Mais, depuis
quelques années, les falsificateurs découverts et pour ainsi
dire montrés à l'index, se sont ravisés, et ils ont com-
mencé par incorporer à la Garance et surtout à la Garancine, d'abord les extraits des substances employées primitive-
ment en nature, et ensuite des mélanges tellement com-
plexes et mal définis, qu'il était réellement indispensable
de les avoir préparés ou vus préparer pour pouvoir étudier
les moyens de les déceler sûrement. Car on ne peut plus se
contenter, aujourd'hui, de savoir qu'un produit peut être
falsifié par l'addition de certaines subtances nuisibles et
d'une valeur inférieure, on veut pouvoir reconnaître et
constater qualitativement ce mélange frauduleux, afin
d'empêcher qu'il se reproduise.

En outre, certains fabricants de Garancine, au lieu de
rendre leur produit neutre au moyen d'un lavage convenable, ne font cette opération qu'à demi, et neutralisent ensuite leur Garancine par l'addition de 1 à 5 pour cent de

Craie (carbonate de chaux) ou de Soude (carbonate de soude). Cette manœuvre frauduleuse est nuisible à tous
égards : 1° elle laisse subsister dans la Garancine une
quantité d'acide préjudiciable à la qualité et à la quantité du produit vendu ; 2° elle introduit dans une substance une autre substance qui lui est étrangère et nuisible
et qui en augmente le poids réel ; 3° la Garancine ainsi
falsifiée ne peut servir à une bonne teinture, car pendant
qu'on la délaye dans l'eau, l'acide sulfurique qu'elle contient encore se combine, ou avec le carbonate de Soude,
et forme du sulfate de Soude, sel soluble et qui ne peut
que nuire à l'opération, ou avec le carbonate de Chaux
sel peu soluble, mais très-préjudiciable à la teinture, le
pouvoir colorant de la Garance pouvant en être affaibli
jusqu'à 50 p. %.

J'ai désigné, dans le tableau indicatif ci-après, les réactifs
à employer pour reconnaître ce genre de sophistication. (1)

La falsification de la Garance et de ses dérivés par l'addition de matières minérales inertes étant presque entièrement abandonnée, et, du reste, les procédés indiqués
par les Chimistes dont j'ai cité l'opinion étant les seuls
propres à sa constatation, je ne devrais pas avoir à m'en
occuper. Ce n'est que pour éviter au Praticien des recherches bien souvent ennuyeuses que je transcrirai ici le procédé de M. le professeur Schumann, qui, à mon avis,
est le plus usuel :

(1) Avant de convertir une Garance en Garancine, les fabricants consciencieux qui s'approvisionnent de cette matière première à l'état de poudre
auprès des Triturateurs ou des Négociants, devraient s'assurer de sa pureté ;
car, plus tard, la Garancine par eux fabriquée, et qu'ils livrent avec la
certitude qu'elle est exempte de fraude, peut être analysée et reconnue falsifiée. Comment pourront-ils prouver alors que la fraude qui leur sera
imputée préexistait dans la poudre de Garance employée par eux à la
fabrication du produit vendu ?

« On n'a qu'à délayer la poudre de Garance dans de
« l'eau et opérer par la lévigation : la poudre de Garance
« est entraînée par le liquide en opérant la décantation,
« parce qu'elle est plus légère que les substances minéra-
« les, qui restent déposées au fond du vase qui a servi à
« l'opération. En répétant cette opération, il est facile de
« séparer complétement la Garance des matières minérales
« qui ont servi à la sophistiquer. On constate aussi cette
« falsification en brûlant une quantité déterminée de Ga-
« rance desséchée à 100 degrés centigrades, dans un creu-
« set de platine chauffé à la lampe alcoolique. Si on com-
« pare, après la combustion, le résidu qui en est résulté,
« avec les nombres du tableau ci-après, il est facile d'en
« conclure s'il y a sophistication. Ce résidu peut, en outre,
« être analysé chimiquement, et, à ce sujet, il est bon de
« faire remarquer que les cendres d'une Garance qui n'a
« pas été sophistiquée avec des matières inorganiques, se
« dissolvent, à un très-faible résidu près, dans de l'acide
« chlorhydrique très-étendu, ce qui n'a pas lieu avec la
« Garance qui a été allongée de la manière indiquée.

« 100 parties Alizaris du Levant, laissent,
      suivant M. Chevreul,   9,80 de cendres,

« 100 « Garance d'Avignon, épuisée
      avec de l'eau distillée, lais-
      sent, suivant M. Schlumber-
      ger,   8,76 «

« 100 « Garance d'Alsace, épuisée avec
      de l'eau distillée, laissent,
      suivant M. Schlumberger,   7, 20 «

« 100 « Garance d'Alsace, laissent,
      suivant M. Kœchlin,   8, 25 «

« 100 « Garance d'Asace, autre sorte,
      laissent, suivant M. Kœchlin, 8, 42 «

En présence de la multiplicité des substances végétales employées par certains fabricants pour diminuer le prix de revient de leurs Garances ou Garancines ; devant le perfectionnement apporté chaque jour à la fraude, qui, elle aussi, a voulu entrer fièrement dans la voie progressive que la science fait suivre à toutes les industries, les recherches ayant pour but l'adoption d'un procédé propre à reconnaître une semblable sophistication devaient tout naturellement être longues et pénibles et rester infructueuses pour le plus grand nombre des expérimentateurs.

L'état actuel de la situation justifie ce que j'avance.

Qui se serait douté, en effet, à Rouen comme à Mulhouse, et même à Avignon, à Barcelone ainsi qu'à Glascow, à Breslau et à New-York, en Hollande, en Russie et en Belgique, que certains fabricants de Garance ou de Garancine introduisaient et introduisent encore dans leurs produits des extraits de bois de Campêche, de Brésil, de Cuba, de Fustet, de Quercitron, de Châtaignier, etc., très-souvent mélangés entr'eux et ajoutés ensuite à un autre mélange de Santal rouge, de Noix de Galle, de Sumac, d'Écorce de Chêne, de Grenadier, de Pin, de Craie ou de Soude, etc., etc. (1).

(1) Voici les formules de quelques uns de ces mélanges, que je crois devoir soumettre au jugement des Fabricants consciencieux et à celui des Imprimeurs sur toile :

1			2		
Eau de Soude.	5	Gr.	Eau de Soude.	5	parties.
Extr. de Lima.	5	"	Extr. de Lima.	5	"
— de Quercitron.	5	"	Bois de "	10	"
Bois de Lima.	10	"	Sumac.	10	"
Noix de Galle.	10	"	Noix de Galle.	10	"

Les conditions dans lesquelles je me suis trouvé, il y a six ans, en Espagne et en France, m'ont permis d'étudier particulièrement la manière dont se pratique cette fraude et, par conséquent, de rechercher avec succès un procédé simple et rigoureux pour la constater.

Les drogues simples servant à cette fraude étant une fois connues, j'ai dû m'occuper de l'étude de leur composition et chercher à connaitre l'action que les réactifs pouvaient exercer sur elles, traitées d'abord séparément et ensuite

3

Noix de Galle.	10 parties.
Bois de Lima.	10 "

4

Bois de Lima.	10 parties.
Sumac.	20 "
Carb. de Soude.	1 "
Fleur de Garance.	30 "
Eau dist. chaude.	Q. S.

5

Bois de Lima.	4 parties.
Noix de Galle.	20 "
Ext. de Cuba.	2 "
Eau de Soude très-saturée.	Q. S.

6

Sumac.	2500 kilog.
Carb. de Soude.	130 "
Bois de Brésil.	65 "
Eau chaude.	500 lit. environ.

7

Eau de Soude.	1 partie.
Ext. de Fernambouc.	1 "

Bois de Fernambouc.	1 partie.
Noix de Galle.	2 "
Sons de Garancine.	Q. S.

8

Eau de Soude.	Q. S.
Bois de Lima.	1 partie.
— de Campêche.	1 "
Noix de Galle.	1 "
Extr. de Lima.	1/2 "
— de Quercitron.	1/2 "

9

Eau chaude.	400 lit. env.
Carb. de Soude.	125 kilog.
Bois de Lima.	60 "
— de Campêche.	60 "
Décoction de Quercitron.	400 lit. env.
Sumac de Sicile.	2000 kilog.

10

Garancine noire et acide.	Quant. déterminée.
Extr. de Lima.	1 p. 0/0
— de Quercitron.	1 p. 0/0
Carb. de Soude.	3 p. 0/0

réunies en diverses proportions, à l'instar des fabricants que j'ai pu voir à l'œuvre. Ces travaux préliminaires terminés, il ne s'agissait plus que de savoir si les caractères présentés par ces substances, alors qu'elles étaient soumises directement, soit séparément, soit mélangées entr'elles, à l'action des Agents chimiques, se reproduiraient assez sensiblement lorsqu'elles seraient mélangées à la Garance ou à la Garancine dans les proportions de 1/4 à 1 p. 0/0 au moins : là était tout le problème.

Contrairement à l'opinion unanimement émise par tous les Chimistes qui ont écrit sur cette question, je viens, appuyé sur des expériences concluantes, affirmer que la falsification des Garances et Garancines par les substances empruntées au règne végétal est facile à découvrir et à constater qualitativement, et que l'Analyse chimique est le seul et véritable moyen d'obtenir ce résultat.

PROCÉDÉ.

Le procédé analytique dont je viens donner la description est applicable au Garanceux, à la Fleur de Garance et à la Garancine, aussi bien qu'à la poudre de Garance, ces trois produits étant, ainsi que celui dont ils dérivent, falsifiés avec les mêmes substances.

L'Analyse sera simplement qualitative, afin d'être praticable par un plus grand nombre de personnes (les résultats qu'on peut en obtenir étant, du reste, très-satisfaisants). Mon mode d'opérer étant admis en principe, il sera facile aux manipulateurs de procéder ensuite à une analyse quantitative. (*Voy. Manuel pratique d'analyse chimique de M. Deschamps d'Avallon*).

13

Il est indispensable, pour la plus grande sûreté des résultats donnés par l'analyse, d'avoir un Type Garance, Fleur, ou Garancine, selon le genre de produit qu'on veut analyser, de la pureté duquel on soit certain; pour cela, il conviendrait de l'avoir préparé soi-même.

On pèse 10 grammes de chaque échantillon à soumettre à l'analyse, et 10 grammes du type; chaque pesée est mise dans un gobelet Bohême cylindrique. Les gobelets sont ensuite placés dans un appareil à Bain-Marie, semblable à celui dont on se sert pour les essais de teinture; on place aussi dans l'appareil un thermomètre centigrade servant à indiquer le degré de température du bain. Afin de ne pas confondre les échantillons, on colle une étiquette ou un n° sur chaque gobelet. On verse dans chaque gobelet deux décilitres (200 grammes) d'eau distillée chimiquement pure. On chauffe modérément le B-M. jusqu'à 100° du thermomètre et on laisse continuer l'ébullition pendant un quart-d'heure, en ayant soin d'agiter le contenu de chaque gobelet avec une baguette ou agitateur de verre. On laisse tiédir, on filtre et on recueille séparément dans des verres à précipités, pour soumettre ensuite chaque liquide filtré à l'action des réactifs désignés sur le tableau ci-après.

On doit avoir des verres à précipités, de la contenance de 30 grammes seulement, qu'on remplit aux deux tiers; de cette façon, chaque échantillon étant traité par 200 grammes d'eau distillée, on pourra examiner dix réactions sur chacun d'eux, dans la même opération. On agira ainsi avec un réactif sur une quantité (20 grammes) de liquide contenant les parties solubles de 1 gramme de Garance, Fleur ou Garancine. (1).

(1) On peut aussi se servir de verres de montre concaves, ou de tubes de verre de 0,01 c. de diamètre, et de 0,10 c. de longueur, fermés à une de leurs extrémités.

Les réactifs que j'ai choisis sont d'une sensibilité telle qu'ils permettent de reconnaître la présence de 1/4 p. 0/0 (0^{gr},002 milligrammes 1/2) de substance étrangère dans 1 gramme de Garance ou de Garancine, chiffre qui va bien au delà des limites commerciales. (1)

Exemple d'Analyse. — Je suppose avoir 3 échantillons de Garancine à analyser. Je pèse 10 grammes de chacun et 10 grammes d'un Type et j'opère comme j'ai dit ci-dessus. (2) Chaque liquide filtré est distribué aussi également que possible dans 10 verres à précipités que j'ai le soin de placer en lignes droites et séparées sur la table où je manipule. J'aligne devant moi les 4 premiers verres, le Type toujours en tête et je prends, par exemple, le Soluté de Deutochlo-

---

(1) Dans l'Analyse des Garancines, il faut savoir d'abord, après l'opération au B.-M. et la filtration du liquide, si celui-ci est neutre, acide ou alcalin, au moyen du papier de Tournesol. On recherche ensuite la présence des Sulfates de Chaux et de Soude par les réactifs indiqués sur le tableau ci-après. La formation de l'un ou de l'autre de ces Sulfates est due, ainsi que je l'ai dit plus haut, aux carbonates de Chaux ou de Soude introduits frauduleusement dans la Garancine, et qui se combinent avec l'Acide Sulfurique laissé à dessein dans ce produit colorant. Ces deux sels inorganiques ne peuvent toutefois être découverts, alors que les Carbonates qui auraient pu leur donner naissance ont été neutralisés ou décomposés par leur mélange avec la Noix de Galle, le Sumac, les Écorces de Chêne, de Grenadier, de Quercitron, de Châtaignier, etc., substances essentiellement tannifères et qui agissent sur ces deux sels soit à la manière de l'Acide Tannique, soit comme Acide Gallique, Luteo-Gallique, ou Ellagique, selon leurs proportions respectives et les manipulations qu'on fait subir à des mélanges frauduleux aussi mal formulés et définis.

(2) Pour la recherche du Santal rouge, il faudra remplacer l'eau distillée par l'Alcool à 45° ou 50° centésimaux, la matière colorante de ce bois étant de nature résineuse, et, par conséquent, insoluble dans l'eau.

On devra procéder de même lorsqu'il s'agira de rechercher le fruit ou l'écorce du Pin, ces substances contenant aussi une certaine quantité de résine.

rure d'Etain; j'en verse quelques gouttes dans le premier verre du Type et j'agite avec une baguette de verre. Le liquide étant reposé et n'apercevant pas de précipité, je verse encore quelques gouttes du réactif et sans dépasser, pour chaque verre, 12 à 15 gouttes. Il ne se forme pas de précipité, ou bien celui qui s'est formé est jaune-fauve. J'examine l'indication portée sur le tableau, et je reconnais que c'est bien là le caractère de la pureté. Je verse progressivement de 12 à 15 gouttes du même réactif dans le verre qui est à côté du Type, et si la même réaction se manifeste, j'en conclus que cet échantillon est pur. J'agis pareillement sur le 3e verre, et il ne se forme pas de précipité, mais le liquide devient violet ou lilassé; je me reporte sur le tableau, à la colonne des indications, et je trouve que la présence du Campêche est indiquée. Je continue de traiter ainsi le 4e verre et il se produit un précipité jaune-blanchâtre et floconneux : le tableau indicatif m'assure que c'est là le caractère du Sumac. — Si les réactions ne sont pas assez caractéristiques, il convient de mettre les verres de côté et d'examiner de nouveau 24 h. après. — Après avoir opéré sur ces 4 verres, je prends les 4 suivants pour les soumettre à l'action d'un autre réactif, soit afin de contrôler ma première opération, soit pour rechercher la présence d'autres drogues dans mes échantillons; car une Garance ou une Garancine peut à la fois contenir, ainsi que je l'ai établi dans mon exposé, du bois de Brésil, du bois de Campêche, des substances tannifères telles que le Sumac, les écorces de Chêne, de Grenadier, de Châtaignier, de Pin, la Noix de Galle, etc., soit en nature, soit à l'état d'extrait. La présence d'une ou plusieurs drogues étant constatée, on doit donc s'occuper de la recherche des autres. Or, comme le nombre des réactifs employés dans cette analyse est assez grand et qu'ils présentent des carac-

tères fort distincts suivant qu'ils se trouvent en contact
avec telle ou telle substance , il est nécessaire d'en essayer
successivement plusieurs. Par ce moyen , une opération se
trouve contrôlée par une opération subséquente, et telle
substance qui peut ne présenter aucun caractère saillant
avec tel réactif qui a déjà , du reste , décelé la présence
d'une autre, peut être reconnue à l'aide d'un autre réactif
qui n'exercera que peu ou point d'action sur la substance ,
précipitée par le premier. Par exemple , dans les mélanges
dont j'ai donné plus haut les formules , la substance domi-
nante peut être facilement reconnue à l'aide d'un Réactif
capable de déceler aussi d'autres substances , mais elle
peut aussi empêcher ce même Réactif d'agir sur les substances qui lui ont été associées dans de plus minimes proportions , selon que le Réactif employé exerce une action plus
ou moins sensible ou particulière sur les substances qui
composent ces mélanges.

Un mode d'opérer peut-être un peu plus long , mais plus
simple et plus facile pour les industriels , consisterait à
avoir un Type réellement pur , à l'additionner d'une ou de
plusieurs des substances employées à la fraude , et que
j'ai indiquées dans le cours de ce Mémoire , à le traiter
ensuite par les réactifs désignés , en même temps que le
Type pur et l'échantillon faisant l'objet de l'Analyse , et à
observer ensuite comparativement les divers précipités
obtenus. Lorsqu'on aurait soumis ces échantillons à l'action
des principaux réactifs , la solution ne pourrait être dou-
teuse : ou la Garance suspecte présente constamment les
mêmes caractères que le Type , ou des caractères sembla-
bles à ceux de l'Échantillon falsifié à dessein. Dans le
premier cas , elle est , sans contredit, pure de tout mélange , tandis que dans le second on peut affirmer qu'elle
contient les mêmes substances que l'on a introduites dans

le Type. — Un peu d'attention et d'habitude rendront ces opérations faciles, même aux personnes les plus étrangères aux manipulations chimiques, pour peu qu'elles soient intelligentes.

TABLEAU INDICATIF

Des Réactifs à employer, des Caractères des Réactions, et de leurs Significations.

N°s D'ordre.	RÉACTIFS ou LIQUIDES PRÉCIPITANTS.	RÉACTIONS OU PRÉCIPITÉS.	INDICATIONS RÉSULTATIVES.	OBSERVATIONS.
1	Eau de Baryte récente.	Précipité blanc et abondant.	Acide sulfurique. Sulfates de chaux de Soude.	Verser le réactif par gouttes et agiter chaque fois.
2	Eau de Chaux id.	id.	Sulfate de Soude. Sulfates de chaux de Soude.	»
3	Azotate de Baryte.	id.	Acide sulfurique. Sulfates de chaux de Soude.	»
4	Carbonate de Soude.	id.	Sulfate de chaux.	»
5	Alcool à 90° centésimaux.	id.	id.	»
6	Chlorure de Barium.	id.	Acide sulfurique. Sulfates de chaux de Soude.	»
7	id. id.	id. flocons roux-verdâtre.	Bois de Fustet.	
8	id. id.	Colore la liqueur en pourpre ou en violet.	Bois d'Inde ou de Campêche.	12 à 15 gouttes du réactif dans 20 grammes du liquide à analyser.
9	id. id.	Fonce légèrement la teinte du liquide.	Bois de Cuba.	
10	id. id.	Précipite des flocons abondants brun-rougeâtre.	Écorce de Quercitron.	
11	id.	Aucune réaction.	Garance pure.	
12	id.	Colore le liquide en rose-chair tirant sur le violet.	Garancine pure.	
13	Acide sulfurique pur à 66°.	Le bain prend immédiatement une teinte roux-fauve ou légèrement jaune-verdâtre.	id. id.	
14	id.	Le bain se colore en jaune-roux.	Garance pure.	
15	id.	Le liquide tourne au rouge plus ou moins foncé.	id.	
16	id.	Fonce la couleur en jaune, et occasionne un précipité rouge, virant vers le jaune.	Bois de l'Inde ou de Campêche.	
17	id.	Fait tourner le liquide au cramoisi-sombre ou au rouge de cochenille.	Bois de Brésil (Sapan, Fernambouc).	
18	id.	Précipité floconneux jaune-roux.	Bois de Santal rouge.	
19	id.	Détermine des flocons d'un rouge-orangé.	Bois de Cuba.	
20	Azotate d'Argent.	Précipité rouge-sale-floconneux.	Écorce de Quercitron.	
21	id.	et bain jaune sale ou blanc-jaunâtre.	Garance ou Garancine pure.	
22	id.	Trouble et colore fortement la liqueur en gris-verdâtre sale.	Substances tannifères (Noix de Galle, Écorces diverses).	
23	id.	Trouble d'abord la liqueur et forme ensuite un précipité violet sale, tournant au gris verdâtre.	Sumac.	
24	id.	Précipité rouge-brun.	Bois de Campêche.	
25	id.	— roux-brun.	Bois de Santal rouge. Bois de Fustet.	

14

SUITE DU TABLEAU.

Nº d'ordre.	RÉACTIFS ou liquides précipitants.	RÉACTIONS ou PRÉCIPITÉS.	INDICATIONS RÉSULTATIVES.	OBSERVATIONS.
26	Acétate de Bismuth.	Précipité floconneux et blanc. légèrement rosé. . . .	Garance ou Garancine pure. .	12 à 15 gouttes du réactif dans 20 grammes du liquide à analyser.
27	id.	orangé : la liqueur se colore en rouge-curaçao. . . .	Substances tannifères (Noix de Galle, Écorces diverses).	
28	id.	— rose ou rouge plus . ou moins intense. . .	Bois de Brésil (Lima, Sapan, etc.).	
29	id.	Pas de précipité : colore la liqueur en rouge plus ou moins éclatant. .	Bois de Santal rouge. . .	
30	id.	Précipité blanc sale et floconneux : le bain se colore en jaune-verdâtre.	Sumac. . . .	
31	id.	Précipité et bain violets plus ou moins foncés. . .	Bois de Campêche. .	
32	Acétate, Acétate et Sulfate de Cuivre.	— floconneux et blanc plus ou moins rougeâtre. .	Garance ou Garancine pure. .	
33	id. id. id.	— abondant, brun-rougeâtre. .	Substances tannifères (Écorces diverses, Noix de Galle).	
34	id. id. id.	— bleu ou lie de vin foncé. .	Bois de Campêche. .	
35	id. id. id.	— grenat floconneux. .	Bois de Brésil (Lima, Sapan), etc.	
36	Acétate de Cuivre.	— jaune-verdâtre : le bain reste vert-jaunâtre. .	Écorce de Quercitron. .	
37	Acétate de Cuivre.	Précipité floconneux d'un rouge-marron. .	Bois de Fustet. .	
38	id.	— jaune-brun. .	Bois de Cuba. .	
39	id.	— floconneux brun-jaunâtre. .	Sumac. .	
40	Sulfate de Cuivre.	— vert foncé. .	Bois de Cuba. .	
41	Proto et Deuto-chlorure d'Étain.	Précipité jaune sale ou jaunâtre. .	Substances tannifères (Noix de Galle, Écorces diverses).	
42	Proto-chlorure d'Étain.	— brunâtre : la liqueur reste claire et colorée en jaune-brun. .	Garance ou Garancine pure. .	
43	id.	— rose plus ou moins vif. .	Bois de Brésil (Lima, Sapan, etc.).	
44	id.	— violet ou bleu. .	Bois de Santal rouge.	
45	id.	— jaune. .	Bois de Campêche.	
46	id.	— roux. .	Bois de Cuba.	
47	id.	— floconneux orangé-rougeâtre. .	Écorce de Quercitron.	
48	id.	Pas de précipité, ou précipité floconneux jaune-fauve. .	Bois de Fustet.	
49	Deuto-chlorure d'Étain.	— la liqueur devient lilacée, ou précipité et bain violets. .	Garance ou Garancine pure. .	
50	id.	— jaune doré. .	Bois de Campêche.	
51	id.	Précipité et bain rouges plus ou moins intenses. .	Bois de Brésil (Fernambouc, Lima).	
52 53	id.	Le liquide se trouble : précipité jaune blanchâtre et floconneux. .	Bois de Cuba.	
54	id.	Précipité jaunâtre. .	Sumac. Écorce de Quercitron.	
55	id.	— rouge-brique. .	Bois de Santal rouge.	

SUITE DU TABLEAU.

No d'ordre.	RÉACTIFS OU LIQUEURS PRÉCIPITANTS.	RÉACTIONS OU PRÉCIPITÉS.	INDICATIONS RÉSULTATIVES.	OBSERVATIONS.
56	Proto-sulfate de fer.	Colore la liqueur en brun, et donne, après 24 heures, un précipité rouge.	Garance ou Garancine pure.	Les sels de fer ne doivent pas être employés avec excès : 6 à 8 gouttes dans 20 grammes du liquide à analyser.
57	id. id. Persulfate et Perazotate de Fer.	Précipité violet plus ou moins abondant.	Bois de Santal rouge.	
58		— rouge-brun intense.	id.	
59	Persulfate de Fer.	Colore la liqueur en vert très-foncé légèrement jaunâtre et détermine un précipité gras-verdâtre.		
60	Sels de Fer en général.	Pas de précipité : la liqueur se colore par degrés en noir-bleuâtre, plus ou moins intense.	Substances tannifères. (Écorces diverses, Noix de Galle).	
61	id.	Pas de précipité : colorent promptement la liqueur en beau noir.	Écorce de Châtaignier, ou son extrait.	
62	id.	Précipité noir-bleuâtre.	Bois de Campêche.	
63	id.	— brun-violet.	Bois de Brésil. (Lima, Fernambouc).	
64	id.	Colorent le liquide en vert et forment un précipité brun-verdâtre.	Écorce de Quercitron.	
65	Acétate et Acétate de Plomb.	Précipité flocconeux rouge-brunâtre.	Garance ou Garancine pure.	12 à 15 gouttes du réactif dans 20 grammes du liquide à analyser.
66	id.	— blanc.	Substances tannifères. (Noix de Galle. etc.).	
67	id.	— violet plus ou moins foncé : le liquide surnageant devient verdâtre.	Bois de Campêche.	
68	id.	— violet plus ou moins foncé.	Bois de Santal rouge.	
69	id.	— rouge plus ou moins intense.	Bois de Brésil.	
70	id.	— jaune-orangé.	Bois de Cuba.	
71	Acétate de Plomb.	flocconeux rouge-orangé.	Bois de Fuous.	
72	id.	Précipite des flocons épais d'un jaune-serin qui se changent en rose-blanchâtre.		
73	id.	Pas de réaction.	Sumac.	
74	Bi-chromate de Potasse.	Précipite des flocons épais jaune-roux.	Écorce de Quercitron.	
75	id.	Après 12 heures, la couleur du liquide s'est foncée plus ou moins.	Garance ou Garancine pure.	
76	id.	Colore le liquide en rouge très-vif.	Bois de Brésil.	
77	id.	foncel égèrement la couleur du liquide.	Bois de Fustet.	
78	id.	Pas de réaction.	Bois de Cuba.	
79	id.	Colore la liqueur en rouge de cochenille ou en cramoisi foncé.	Écorce de Quercitron.	
80	Bi-oxalate de potasse.	Trouble la liqueur, qu'il colore en jaune-verdâtre, et au bout de 12 heures, léger précipité blanc.	Sumac.	
81	Sulfate d'Alumine et de Potasse.	Léger précipité brun-rougeâtre: le bain reste coloré en jaune-rougeâtre-brun.	Garance ou Garancine pure.	

SUITE DU TABLEAU.

Nᵒˢ D'ORDRE.	RÉACTIFS OU LIQUIDES PRÉCIPITANTS.	RÉACTIONS OU PRÉCIPITÉS.	INDICATIONS RÉSULTATIVES.	OBSERVATIONS.
82	Sulfates d'Alumine et de Potasse.	Précipité rouge plus ou moins éclatant.	Bois de Brésil.	12 à 15 gouttes du réactif dans 20 grammes du liquide à analyser.
83	id. id. id.	Précipité jaune plus ou moins foncé.	Bois de Cuba ou de Fustet.	"
84	id. id. id.	La liqueur jaunit d'abord, puis passe au violet, ensuite précipité rouge.	"	"
85	Acétate, Azotate, Sulfate et Chlorure de Zinc.	Précipité floconneux brun-rougeâtre.	Bois de Campêche. Garance ou Garancine pure.	"
86	id. id. id. id.	— rouge-foncé.	Bois de Campêche.	"
87	Sulfate de Zinc.	— rouge-vif.	Bois de Santal rouge.	"

PRÉPARATION DES RÉACTIFS.

Tous les soins possibles doivent être apportés à la préparation des Réactifs choisis pour servir à cette analyse. Afin de ne pas sortir du cadre que j'ai dû me tracer, je me dispenserai d'indiquer le mode de préparation de ces agents chimiques, qu'on peut se procurer à l'état de Sel et qui doivent être purs, ou qu'on peut obtenir soi-même en suivant les procédés indiqués dans les traités de Chimie.

L'Acide Sulfurique, le Per-Azotate de fer, le Per-Chlorure de fer, l'Azotate de Bismuth, le Chlorure de Zinc, l'Alcool, l'Eau de Chaux, l'Eau de Baryte, exceptés, qui sont à l'état de liquide, et qu'on trouve tout préparés, ainsi que les sels, chez les fabricants de produits chimiques et dans quelques pharmacies, tous les réactifs portés sur le tableau ci-devant sont des Solutés de Sels métalliques faits avec l'Eau distillée chimiquement pure.

Je crois devoir compléter ce Mémoire en indiquant les quantités proportionnelles du sel à dissoudre par rapport à une quantité déterminée d'eau distillée.

Pulvériser, faire dissoudre à chaud, et filtrer dans un flacon bouché à l'émeri :

Azotate d'Argent cristallisé. 1 Gr. dans Eau dist. chimiq. pure. Gr. 19
— de Baryte crist. 5   id.   id.   50
— de Cuivre crist. 8   id.   id.   20
— de Zinc pur. 5   id.   id.   25
— de Plomb pur. 5   id.   id.   25
Acétate de Cuivre. 8   id.   id.   45
— Neutr. de Plomb. 5   id.   id.   50
— de Zinc. 5   dans Eau dist. légèrement acidulée avec l'Acide Acétique. 25
Protochlorure d'Etain. 10   dans Eau dist. légèrement acidulée avec l'Acide Chlorhydrique. 50
Perchlorure id. 10   dans Eau dist. chimiquement pure. 50

Chlorure de Barium crist.	10 Gr. dans Eau dist. chimiq. pure.	Gr. 50
Bi-Chromate de Potasse.	5	id.	id.	50
Bi-Oxalate de Potasse.	5	id.	id.	50
Sulfate d'Alum. et de Potasse.	5	id.	id.	40
Sulfate de Cuivre pur.	5	id.	id.	20
Proto-Sulfate de Fer.	10	id.	id.	30
Per-Sulfate de Fer.	10	id.	id.	30
Sulfate de Zinc.	10	id.	id.	30
Carbonate de Soude.	2	id.	id.	18

———————

Pour l'intelligence des personnes les moins familières avec les connaissances chimiques, il ne sera pas superflu de donner ici quelques notions extraites du *Manuel pratique d'Analyse chimique de M. Deschamps (d'Avallon)* :

« Les corps qui sont employés pour faire des analyses « chimiques sont de deux sortes : les uns portent le nom « de dissolvants et les autres celui de réactifs. Les dissol-« vants sont l'Eau, l'Alcool, l'Ether, quelques acides, « etc., etc. Les réactifs comprennent tous les corps qui « ont la propriété de déterminer, dans les solutions qu'on « étudie, des phénomènes distincts plus ou moins carac-« téristiques.

« On appelle précipitation, une réaction dans laquelle « un corps qui est tenu en dissolution dans un liquide « s'en sépare plus ou moins promptement lorsqu'on ajoute « un réactif capable de déterminer dans cette solution « un changement moléculaire quelconque. Dans toutes les « réactions, le corps qui se dépose porte le nom de *préci-« pité*, quelle que soit la forme sous laquelle il se présente, « et le corps qui détermine un précipité ou qui trouble la « transparence d'un liquide s'appelle *précipitant*. »

RÉSUMÉ.

Je crois avoir répondu au programme arrêté par le Jury du Concours :

1° Mon procédé est usuel, car il n'exige aucun appareil nouveau, dispendieux ou difficile à manier ;

2° Il est précis et clairement défini; j'ai cherché à prouver que j'ai puisé son point de départ dans des théories chimiques généralement adoptées ;

3° Il est d'une application facile, même pour toute personne étrangère aux manipulations chimiques ;

4° Il permet de reconnaître et de constater d'une manière rigoureuse, et qualitativement, les altérations ou les mélanges frauduleux dont sont l'objet la Garance et les produits qui en dérivent.

La falsification de ces produits tinctoriaux par des substances minérales inertes ne pouvait être comprise dans les conditions du programme, puisque des moyens purement mécaniques, aussi bien que de simples opérations chimiques, servent à la reconnaître, et que ces procédés (Lévigation et Calcination) ont été publiés par plusieurs Chimistes.

De l'aveu de ces mêmes écrivains, la falsification la plus nuisible, la plus commune, et la plus difficile à découvrir, c'est celle par les substances végétales.

Je n'avais donc à m'occuper que de ce genre de fraude, et de la description du procédé propre à la reconnaître *qualitativement*, point sur lequel j'ai l'honneur d'appeler l'attention de MM. les membres du Jury du Concours ; car, ainsi que je l'ai fait remarquer plus haut, les Chimistes qui ont traité antérieurement cette question affirment que ce

15

genre de fraude *est très-difficile à reconnaître, du moins quant à la nature des substances qui ont servi à falsifier.*

Néanmoins, j'ai indiqué une autre manœuvre frauduleuse de certains fabricants de Garancine et me suis attaché à la constater : c'est l'introduction dans la Garancine de deux produits inorganiques (carbonate de chaux, carbonate de soude), qui n'ont pas été signalés avant moi, et qui loin d'être inertes comme les substances minérales introduites jadis et parfois encore dans les Garances et Garancines, exercent une action des plus préjudiciables à la teinture.

J'ai fait connaître aussi exactement que possible tous les divers genres de fraudes qui se pratiquent encore et que j'ai vu moi-même exécuter ; j'ai décrit un procédé que de nombreux et incontestables résultats m'ont fait adopter et me permettent de publier pour atteindre le but proposé.

Ce mémoire, fruit de longs travaux et d'études sérieuses, sera peut-être éclipsé par des ouvrages beaucoup plus scientifiques ; je n'en éprouverai pas moins la vive satisfaction comme Vauclusien, d'avoir rempli un devoir en répondant à l'appel de la Chambre de Commerce d'Avignon.

Je m'estimerai très-heureux si les efforts que j'ai faits pour projeter quelques lumières sur une question considérée jusqu'aujourd'hui comme très-obscure, peuvent contribuer à protéger les intérêts agricoles et commerciaux de mes compatriotes.

Arles, avril 1859.

D. FABRE Jᵉ.

FIN DES MÉMOIRES.

RÉSUMÉ.

—

Des Mémoires qui précèdent et de tous ceux qui ont été soumis à l'appréciation du Jury, il résulte que les matières étrangères introduites frauduleusement dans la Garance en poudre et dans ses dérivés peuvent se diviser en trois classes :

1° **MATIÈRES TANNANTES.**

2° **BOIS COLORANTS.**

3° **MATIÈRES INERTES.**

PREMIÈRE CLASSE.

Les matières tannantes peuvent être introduites : 1° sous forme de poudre plus ou moins tenue ; 2° en dissolution dans l'eau.

Dans le premier cas, la méthode d'analyse sur papier mordancé au sulfate ferreux (papier ferrique) suffit pour les mettre en évidence.

Les ustensiles et produits chimiques nécessaires à ce genre d'analyse sont :

Une lame de verre à vitre de 0^m 12 de large.
            sur 0^m 40 de long.

Un pinceau coupé en brosse.

Une assiette en porcelaine à fond plat.

Un litre solution de sulfate ferreux.

Du papier blanc sans colle mordancé avec cette solution (1).

---

(1) *Préparation de la solution ferrique.* On dissout 500 gr. de sulfate de fer (couperose verte) dans un litre d'eau, on filtre la solution, qu'on laisse vieillir au contact de l'air, jusqu'à ce qu'elle ait acquis une couleur fauve-clair ; on bouche alors le flacon. Cette liqueur peut se conserver longtemps, mais avant de s'en servir, il est nécessaire de la décanter, ou de la filtrer au besoin, quand elle a laissé déposer du sulfate basique sous la forme de poudre jaune-rouille.

Préparation du papier mordancé. Les bandelettes de papier doivent avoir 0^m 10 de long, sur 0^m 07 de large.

MÉTHODE D'ANALYSE.

1° On prend une assiette à fond plat, on y verse une quantité d'eau suffisante pour bien humecter les bandelettes mordancées destinées à l'analyse qu'on se propose de faire. (Il est inutile de dire qu'il en faut une pour chaque type de Garance à essayer.) Après dix minutes de contact on s'assure si elles sont imbibées uniformément.

Cela fait, on les étend sur la lame de verre ; immédiatement après, on projette dessus la poudre à essayer, à l'aide du pinceau, de manière que la couche de poudre soit bien uniforme. Si la Garance ou la Garancine est fraudée par les matières tannantes, en quelques minutes les granules de tannin produisent sur le papier des points parfaitement visibles, d'un bleu violacé, qui augmentent d'intensité au contact de l'air et qui atteignent leur maximum de coloration, si on prolonge ce contact jusqu'à dessication complète. Ce caractère trahit la majeure partie des substances tannantes; cependant les tannins qualifiés par les Chimistes de tannins verts, tel que celui qui est contenu dans l'écorce de Pin,

On verse dans une assiette à fond plat une quantité suffisante de dissolution ferrique pour bien humecter le papier à préparer. On l'introduit dans la liqueur, on le retourne de temps à autre afin de s'assurer qu'il est bien imprégné de liquide; après un quart-d'heure de macération on le retire du liquide et on le fait sécher sur un fil tendu. Lorsqu'il est bien sec, on peut le conserver indéfiniment dans un flacon à large goulot.

produisent des taches bien plus tranchées, lorsque l'eau dont on a imbibé la bandelette de papier est fortement calcaire.

Les granules de Garance, dans les mêmes circonstances, ne laissent sur le papier qu'une très-légère teinte brun-fauve.

Si on n'attend pas la dessication complète du papier, on le lave à l'eau ordinaire afin d'enlever la poudre adhérente. Dans le cas contraire, on brosse légèrement le papier, la poudre se détache avec facilité et l'on peut examiner alors les taches produites par les granules de tannin, qui se dessinent en noir sur le fond à peine coloré du papier.

2° Si l'on soupçonnait que la matière tannante a été introduite en dissolution dans l'eau, voici le procédé à suivre :

On prend 5 grammes de chaque type à essayer, on met chaque pesée dans un grand verre à expériences, on y verse un décilitre d'eau distillée bouillante et on agite le mélange jusqu'à refroidissement complet, on filtre ensuite le liquide et on y verse de dix à quinze gouttes de solution ferrique. Si la Garance est pure, le liquide prendra une teinte brune, tandis que si elle contient des matières tannifères, le liquide se colorera en noir plus ou moins intense bien facile à distinguer de la teinte caractéristique de la Garance.

DEUXIÈME CLASSE.

Recherche des Bois colorants.

PROCÉDÉ D'ANALYSE.

Pour mettre en évidence les bois colorants dans la poudre de Garance et de Garancine, on suit le procédé suivant:

Le réactif employé dans ce cas est l'acide sulfurique à 66° du commerce.

On trempe une mèche de papier à filtrer dans l'acide sulfurique; aussitôt que le papier est imbibé, on le passe sur la lame de verre, de manière à y déposer une mince couche d'acide, insuffisante pour s'écouler lors même que la lame est tenue dans une position verticale. L'absence de diffluence dans le réactif qui recouvre la lame de verre est nécessaire pour que les granules restent bien en place sans brouiller leurs teintes par l'effet du flux du liquide. Ce résultat obtenu, on saupoudre la lame avec la poudre suspecte et la réaction s'opère instantanément.

Voici les nuances caractéristiques que prennent les granules de Garance et ceux des bois colorants, au contact de l'acide sulfurique :

Garance et Garancine : du fauve au rouge-orangé.

Bois de Campêche : carmin vif.

Bois rouges : carmin plus rouge que le précédent.

Bois de Santal : cramoisi sombre.

En examinant avec soin la lame de verre à l'aide d'une loupe tantôt par réflexion, tantôt par transparence, on distingue aisément les granules suspects à leur couleur caractéristique.

Second moyen qui, dans certains cas douteux, peut venir corroborer les résultats obtenus par le procédé précédent, et qui présente plus de facilité que le premier, lorsque les bois rouges ont été réduits en poudre impalpable :

Si on soupçonne dans une Garance la présence du bois de Santal ou de quelque bois rouge, on met une pincée de la poudre suspecte dans un verre à pied, on l'arrose avec une solution de chlorure de chaux jusqu'à en faire une bouillie claire; dans cette bouillie, on verse quelques gouttes d'acide chlorhydrique et l'on remue le mélange; un instant après, tous les granules de Garance sont complètement décolorés, tandis que ceux du Santal conservent leur teinte cramoisie; en étendant le liquide d'eau, les corpuscules décolorés de la Garance se précipitent rapidement, tandis que ceux du Santal restent en suspension dans le liquide, sous la forme de filaments très-tenus pareils à la *poussière d'une laine teinte en écarlate.*

TROISIÈME CLASSE.

Quant aux matières inertes minérales, telles que Ocres, Brique pilée, etc. on constate leur présence dans la Garance de la manière suivante :

On prend 10 grammes de poudre de Garance, qu'on fait dessécher à 100 degrés. On pèse après la dessication, et la différence de poids donne la quantité d'eau hygroscopique qu'elle contient.

Ensuite, on prend 5 grammes de la poudre desséchée, qu'on incinère dans un creuset de platine sur la flamme d'une bonne lampe à alcool. On remue la poudre pendant l'incinération au moyen d'une baguette en fer, et on arrête le feu quand la matière ne présente plus aucun point en iguition.

On pèse alors le résidu, qu'on compare avec le résidu donné par un type de Garance connu et traité de la même manière. Si la première contient plus de cendres que la seconde, on peut en induire qu'elle a été adultérée, si la différence est de plus de 3 ou 4 0/0; et mal fabriquée, si cette différence ne porte que sur 1 ou 2 0/0.

FIN.

16

TABLE.

FIN DE LA TABLE.